町泥棒のエゴイズム

新馬場新

SHINBANBA Arata

文芸社文庫NEO

目 次

町を盗んだ日

プロローグ　誰が為に町は盗まれた

　あとから聞いた話なのだが、あの日、東六郷《ひがしろくごう》交番に駆けこんだ多摩川河川敷在住の紳士たちは口々に同じことを語ったという。それはあまりにも信じるに値しない妄言だったため、血気盛んな青年巡査でさえも、最初は取り合おうとはしなかった。

「嘘じゃないんだよ、おまわりさん」と額にこぶをこさえた男が言っても、巡査は、「はあ、そうですか」と貧乏ゆすりをしながら返すのみであった。

　彼の所属する蒲田署から、そういった連絡もまだない。

　しかし、紳士たちの汗と唾で交番内が湿っぽくなることを嫌った彼は、しぶしぶ多摩川へと足を延ばすことにした。途中、派手めな女性が柴犬に吠えたてられながら駆けてきたりもしたが、巡査は冷ややかな目でそれを見送るばかりだった。

　犬の唸り声を流し聞きながら少し歩くと、彼らの語ったことの意味がすぐに理解できた。同時に、青年巡査はひどく狼狽えた。慌てて腕時計を見れば、時刻は午後七時過ぎ。眼前に延びる黒一色は、彼の聞いていた光景とはだいぶ異なっていた。

汗ばむ右手で無線機を掴む。喉の奥が渇き、緊張が声を搦め捕る。目の前の光景を蒲田署へ伝えるべきか否か逡巡している彼の背後で、紳士の誰かがまた呟いた。

「川崎が、消えた」

その言葉を掻き消すように、川崎の町中《まちなか》から一発の花火が上がった。わずか数秒踊り咲いた山吹色の花弁は、夜空をちらちらと照らし、溶けるように消えていく。幻じみた景色に呆然と見惚れていると、今度は鋭いブレーキ音が多摩川に架かる六《ろく》郷橋《ごうばし》から上がった。巡査は情にほだされ引き受けてしまった自分の役回りをひどく恨みながら、無線を切ることも忘れて現場へ走った。

川風の吹く橋上には、ひとりの老人が立っていた。その少し手前では――観光客だろうか――欧米系の若者らが荷台のこんもり膨らんだ軽トラックの中で一心不乱にメモをとっている。

「私はこの町にいないほうがいいんだ！」

老人は時代遅れのラジカセから坂本九の名曲を垂れ流し、大音声《だいおんじょう》で泣き喚いた。

巡査の若い脳みその処理能力が限界を迎えようとした刹那、老人の後ろからからがらと車輪の鳴く音がした。よく見れば、リアカーを曳いた青年がこちらに駆けてきているではないか。荷台では背広を着た男が仁王立ちしており、手には警察手帳と思しきものが握られている。背広の男は荷台から降りると、「それを寄越せ」と老人のラジカセに飛びついた。「これ以上後悔したくない」と抵抗する老人からそれをひったくり、背広の裾をなびかせ、声高に叫ぶ。

「だから、こうして奪いに来たんだろうが！」

老人から強奪したラジカセを肩に担ぎ、男は荷台に飛び乗った。

「あんた、いったい何者なんだよ！」

と、リアカーを曳く青年が怒気を孕んだ声を上げる。

「今は、まだ正義の味方だ」

背広姿の男は眉をわずかに歪ませ、答えた。

青年は「意味がわからん」と苛立った声を上げ、回れ右をした。リアカーは車輪を鳴らし、音も光もない、のっぺりとした闇の貼り付く橋向こうに戻っていく。

数分の間に繰り広げられた疾風怒濤のできごとに、青年巡査はついに覚悟を決めた。制服の肩口に付いた無線機から聞こえる「何事だ」という怒声に急かされるように、ただ舌の動くまま、言葉を紡ぐ。

「蒲田署へ。本件、神奈川県警管轄区域のため、本官はハコに戻ります」

彼の眼前には、東京都と神奈川県の境目を示す案内標識がぽつんと立っていた。

青年巡査は懲戒処分に怯えながらも、携帯電話を握り締め、川崎で働く、愛する女性からの連絡を心待ちにしていたという。

それからほどなくして、川崎署からの要請で蒲田署が職員を出動させた頃には、事件はすでに終焉を迎えていた。

いや、正確にはこの時ようやく始まったのだ。

さて、これから語られるのは、ある人物の後悔にまつわる物語であり、巻き込まれた人々の奮闘劇である。巻き込まれた方々にはご愁傷様と言わざるを得ないが、それを言える立場ではないので言わないことにする。

雄弁は銀、沈黙は金である。

みなさまはご存じか。JR川崎駅東口の地下に「川崎アゼリア」というショッピングモールが埋まっていることを。

川崎アゼリアとは、一九八〇年代に川崎駅東口再開発事業によって掘られた日本最大級の地下商業施設で、靴下からモダンな和服、マシュマロからダイヤモンドまでもが売買されている魅惑の空間である。

失礼。ここまではご存じの方もいたかもしれない。しかし、アゼリアの三番出口にある奇妙なモニュメントの足元、地下駐車場のさらに下、そこに広がる秘密の空間のことは知りもしないだろう。その空間はアゼリア直下のみならず、同じく一九八〇年代に建造された日本初の本格シネマ・コンプレックス「ラ・チッタデッラ」の下にも延びているというのだから驚きだ。

　話を戻そう。はたして、川崎の地下にはなにがあるのか。

　ひとまず、ここから先は当事者たちに語っていただくとする。

　まずは、六郷土手の紳士、日高文義《ひだかふみよし》。

　次に、神奈川県警刑事部捜査第一課の玉井冬児《たまいとうじ》。

　続いて、川崎地下連盟《かわさきソッテラネア》補佐官の近寺恵梨子《こんじえりこ》。

　加えて、多摩川第三帝国皇帝代理の尾長巧《おながたくみ》。

　ここであなたは思うはずだ。「うわ、なにやら人が多いな」と。

　これに関しては弁明のしようもない。ひとつの町を巻き込んだ事件ゆえに仕方のないことではあるが、とにかくこの事件を語るには役者が多すぎる。

　なので、節々には閑話を挟むことにした。ずうっと事件に関することばかり聞いていたのでは、きっと疲れてしまうだろうから。

　語り手は、川崎市立病院で働く鏑木瞳《かぶらぎひとみ》に任せることにしている。

「ほら、また人が増えたぞ」

　そんな声が聞こえてくる気もするが、ここではあえて口を噤ませてもらう。

　雄弁は銀、沈黙は金である。

出だしから長くなってしまったが、ここからも余すところなく語らせてもらう所存だ。雄弁は銀、沈黙は金と再三言ったが、あの時これを言っていたら、こう伝えていればなどは千金に換えても御免である。

その事件が起きたのは、ふたつの祭りが重なった十月一日。

夏の残り香を洗い流すような涼風が吹く、快晴の秋日《しゅうじつ》のこと。

一夜にして、川崎の町は盗まれた。

第一章　決意の午前十時

六郷土手の紳士

その時間は河川敷で気持ちよく碁を指していたんだよ。誰とって、紳士仲間だよ、紳士仲間。私はこれでも六郷土手紳士会の会長だからね。仲間は多いんだ。

ホームレスじゃないのかって？　失敬な。私どもは河川敷に住まう有閑紳士。家がないんじゃなくて、家を持たないことを選んだ者たちなの。いわばあなたさん方はカタツムリで、私どもはナメクジ。ほら、違うでしょう？

ああ、これは失礼。塩をかける真似はよしとくれ。少し脱線しただけじゃないか。

事件当日の様子についてだったね。語るよ、語る。余すことなく語るから。

十月一日の午前十時ね。忌々しい第三帝国の連中にゴミの入った空き缶を押し付けたこともあって、私たちは最高の朝を過ごしていたんだ。まさにベストモーニング。

しかしだよ、あの蛮族ども、あろうことかゴミ入りの空き缶をこちらに投げ返してきたんだ。それが見事に、いや、なにも見事じゃないけど、優雅に碁を嗜んでいた私の額にすこーんと当たったんだ。痛いったらありゃしなかった。無論、仲間たちは大騒ぎ。私も大騒ぎ。

こっちは都民だからね。川崎の連中如きが歯向かうなんて本来あり得ないんだよ。だから乗り込んでやったんだ。そしたら向こうの頭《かしら》がいなくてね、こりゃ舐められたもんだとそこらへんで寝ている奴らに声をかけたんだ。

したらあいつら、なんだい、「今日は夜に大事な用があるから、昼間は休ませてくれ」と言うじゃないか。呆れちゃってさ。屁こいてやったんだ、顔の前で。ぷうっと。まあ、あいつらも怒ったよね。そこから大乱闘。こぶのできた額ばっかり狙ってくるんだ。卑怯だよね。あまりに痛かったから一時撤退。いや、あの蛮族らには困ったものだよ。

え、自業自得だって？

あのねえ。私どもが乗り込んだことは一度棚に上げるとしてね、彼らが私に反撃するのはお門違いなの。なんでって。私がそう思うからでしょう。

なんだい。あんたにエゴイストなんて言われる筋合いないよ。一度鏡でも見てきたらどうだい。自分の立場を再確認して、もう一度今の言葉を思い返してみなさいよ。

だいたい私をここに拘束してるのは、あんたらのエゴじゃないのかい？

自分の立場を鑑みたうえでの発言でなければ、人は納得しないよ。私はそれを理解している。私は優雅な多摩川紳士。だから私の発言には説得力が伴っているんだ。

まあ、この明晰な頭脳も紳士の証ってことになるのかな。隠せない煌めき。困った、困った。

ところで、そろそろお昼になるけど、ここは食事のひとつも出ないのかい？

神奈川県警刑事部捜査第一課

幼き頃より、正義の味方に憧れていた。その理由は至極単純で、日曜日の朝にテレビから流れてくる映像に、彼らの勇姿が映しだされていたからだ。

悪党どもを一刀のもとに成敗する彼らの勇姿を眺めながら、「僕もなれるかなあ」と、幾度となく甘い吐息を漏らして僕は育った。隣で煙草をふかしていた父のスラックスは、きっとべたべたしていたに違いない。

「ねえ、僕もなれるかな」

僕は父に何度も訊ねた。

「なれるさ、冬児なら」

父はそのたびあっけなく答えて、僕の頭を撫でてくれたのだ。

「冬児なら誰よりも立派な正義の味方になれる。父さんは信じてる」

僕はその言葉が聞きたくて、何度も父に訊ねたのだ。僕も正義の味方になれるかな、と。父は毎度笑顔で応えてくれたが、内心辟易としていたことだろう。たぶんこれが僕の最初に発揮したエゴイズム。あどけない欲望を充足させるために冒した利己的な行動だ。

のちに、正義の味方こそもっとも悪役に近い存在であることを僕は知るのだが、皮肉なことに、それは僕が親元を離れ、正義の味方になったあとの話だった。

けれど、その事実に落胆はしなかったと記憶している。

考えてみれば当然のことだったからだ。

正義の味方とは、常に悪役とセットで語られる。これはもう十中八九そうである。なぜなら正義とは悪がいてこそ生まれるものであり、単独で存在し得るものではないからだ。言わば、光と影であり、朝と夜であり、嘘と真実だ。

とどのつまり、正義と悪は蜜月な関係にある。互いに嫌よ嫌よもなんとやらで、表裏一体、ぺたりと背中合わせで存在している。

その様はオセロの駒と言っても差し支えない。

正義と悪を表すその色合いも、多分に申し分ない。

「冬児、話聞いてんのか？」

「あ、はい。聞いてます」

第四会議室の一番前、ホワイトボードの前に立つ刑事課長はこれみよがしにため息をつくと、再び手元の書類に目を落とした。黒縁眼鏡の奥に控えるつぶらな瞳が、忙しなく書類の上を舐めている。

「えー、話を戻す。多摩川緑地に現れた不審車及び世田谷の花火製造所から花火が盗まれた件について、発生から今日でちょうど一ヶ月経った。えー、両事件とも、現場では拳銃を持った長髪の男の姿が確認されている。ふたつの事件の関連性も視野に入れ、各自、気を付けて捜査に当たってくれ。えー、それと――」

刑事課長がペン先をこちらに向ける。

「川崎駅東口の、なんだ、異臭騒ぎな。あれは冬児、おまえと豊《とよ》に担当してもらう」

「僕、ですか？」

「前に少し噂になった、なんだ、テロ組織か。あれが絡んでいるかもしれないって匿名のタレコミがあってな」

「あの、テロ対策は刑事課の領分じゃないんですけど……」

「どこも人手が足りてないんだ。それに、この事件、正義の味方を自称するおまえにはぴったりじゃないか」

肉付きのいい刑事課長が調子のいい声色で言うと、会議室には悪意を薄っすらと含んだ軽笑《けいしょう》が充満した。刑事課長はそれを諌めるでもなく、「えー、それでは各自、捜査経済を考え効率的に動くように。えー、解散」と書類を挟んだバインダーを宙でひらひらさせて、朝礼の終わりを告げた。

「またはずれくじ引いたよ、あのふたり」

誰かが言った言葉を振り払うように、僕はぐっと拳を握り締め、会議室をあとにした。

おそらく、こうなるだろうとは思っていた。心の準備もできている。

長い時間をかけて必死に掻き集めた資料を両腕に抱え、部屋を出ると、四、五歩歩いたところで肩を叩かれた。

「おい、冬児」

トーンの高い、いやらしい声がする。振り返ると、カットラインのぴっちり揃った丸型マッシュヘアが視界の中腹で揺れていた。

「お疲れさまです。二島《ふたしま》先輩」

「なんだよ、その書類の束」

「これは、その、今晩使う予定がありまして」

「ふうん、相変わらず情報収集に抜け目がないな」

「恐縮です」

「それにしても、おまえ、また豊さんとコンビだな」

二島先輩はどこか嬉しさを帯びた調子で言った。縁日の屋台裏で見たクマネズミがちょうどこんな風に口元を歪ませていたな、と幼い頃の記憶が喚起される。

「大変だな。帰国子女のおまえが、出世知らずの豊の御守りばっかなんて」

「別に、なにも大変じゃないですよ」

「おまえも出世知らずの冬《とう》、なんて呼ばれないように気を付けろよ」

今年三十一の歳を迎える先輩は、笑うのを堪えるように口を噤んでから、僕の肩をぱんぱんっと二回叩いた。かと思えば、一息に目を見開いて、「冗談だよ。怖い顔すんなって」と言い添えて、再び口元を歪ませる。

僕は慌てて眉間の力を抜いた。「怒るわけないじゃないですか」と軽い調子で言って、口角をぐっと持ち上げた。

「おまえ、背が高いんだから、ガン飛ばされると威圧感あるんだよ」

「すみません」

百八十七センチもある身体は、軽く折るだけでも邪魔くさい。

「ま、腐らず頑張れよ。おまえはあのおじさんと違って、優秀なんだから」

先日警部補へ昇進したばかりの先輩は、「今度メシおごるよ。いい感じのワインバーを蒲田に見つけたんだ」と付け足し、どこか破廉恥な笑みを浮かべてみせた。

「いい感じのバー、ですか？」

「ああ、妙な外国人店員が気掛かりだったけど、雰囲気はなかなか悪くなかった。まさにナンパに持ってこいのバーって感じだったな。おまえが住んでたオーストラリアのワインもたくさん揃えてある」

「そうですか……」

「なんだよ、浮かない顔だな」

「先輩、僕らは警察官ですから、色欲も酒欲も気をつけないといけませんよ」

「……おまえ、なにか聞いたのか？」

「なにがです？」

二島先輩はちゅうっと音が鳴るくらいに口をすぼめ、「別になんでもねえよ」とバツが悪そうに去っていった。

本人に言うことはないが、いかにも小物らしい振る舞いだ。彼がすんなり警部補になれるのだから、公安職の治安は乱れていると言わざるを得ない。

僕は音が出ないようにため息をついてから、豊さんの姿を探した。

概ね三十代のうちに七割近くの警察官が警部補に昇進できると言われている中で、四十七歳の豊さんはまだ巡査長、今年二十七になる自分と同じ役職に就いている。

このまま定年退職するんじゃないか、なんて噂も、そこかしこで聞く。

「やっぱりダメだよなぁ、このままじゃ」

僕は虫の羽音よりも小さく呟いてから、先輩の足跡を踏まないように気を付けて歩いた。窓の外に広がる空は、目を背けたくなるくらい青かった。

＊

「おうい、冬児」

廊下を歩いていると声をかけられた。もう鼓膜に染み付いてしまったしゃがれ声に息を整えてから、「朝礼、もう終わりましたよ」と無愛想に振り返る。

「悪い悪い。娘から電話があってな」

僕より十五センチ身長の低い壮年の刑事が、古臭い折り畳み式携帯電話を胸の前でひらひらさせながら近づいて来る。警察官は業務中、専用回線に繋がれた警電と呼ばれる電話を多く使うのだが、豊さんは私用携帯の使用頻度のほうが高い。

「なんだ、その資料の束」

「これは、まあ、切り札的な」

「切り札？」

「いいじゃないですか。それよりも豊さん、今日の仕事、大丈夫なんですか？」

「課長から事前に聞いてるから大丈夫だって。にしても、またコンビだな」

「ですね。セット売りされてますよ、僕ら」

「言い得て妙だな。貝塚の強盗事件からだから、これで三件連続か？」

「正しくは鈴木町の刺傷事件からなので、四件連続ですね」

「そうか、そうだったな」

　豊さんは面長の顔をかたかたと揺らした。笑う時に口を開くものだから、より面長に見える。ジェルでむりやり撫でつけられたオールバックの黒髪も、硬い髪質のせいかこんもりと膨らんでいて、縦横比がより悲惨なことになっている。

　捜査一課に配属されてからはや三年。毎日のように見ている顔だ。

「にしても、川崎にテロ組織なんて本当にいるのかねぇ」

　ひとしきり笑い終えた豊さんは、身体を伸ばしながら、今日からはじまる捜査について愚痴を零した。はふぅと天井に吐き出された吐息が、すこぶる親父臭い。

「だいたい、なんで刑事課の俺たちなんだよ。組織犯罪対策本部の仕事だろ」

「あそこはなにかと忙しいですから」

「課長の言う、捜査経済ってやつか」

「ですね。異臭騒ぎは手間と労力をかけてまで捜査すべき案件でないってことです」

「めんどうくさいことになっちまったなぁ」

「上からの命令ですから、調べるほかないですよ」

「冬児くん、君は右も左もわからない新人の時から上下の関係にだけは厳しいね」

「警察官ですから」

「俺だって、警察官だよ」

その言葉に、僕はいても立ってもいられなくなった。

「豊さんは、これからも警察官でいようと思いますか」

「なんだよ、改まって」

「僕は、真面目に訊いているんです」

視線を一瞬右上に泳がせた豊さんは、「ああ、俺はいつまでも正義の味方だ」と胸を叩いた。その姿に、僕は弛んでいた決意の緒を締め直す。

「豊さん、今から僕が喋る内容を口外しないと誓えますか？」

「なんだよ、急に……もしかして、転職の相談か？」

「違いますよ。僕がこれから話すのは、川崎に潜んでいるテロ組織についてです」

豊さんは面食らったように目を丸くした。乾燥気味の厚ぼったい唇もなにか言いたげにわずかに震えている。その震えから吐き出された「まさか、いるわけない」という言葉に被せるように、僕は話を続けた。

「本当にいるんです。彼らは、世田谷の花火泥棒や多摩川に現れた不審車にも関わっているかもしれません。きっと大きなヤマになります。だから――」

「ちょ、ちょっと待て、なんでおまえがそんなことを知っている」

「独自の情報網です。現代の正義の味方は情報戦にも秀でていないといけないですからね、このくらいは不思議じゃないですよ」

「不思議だと思うけどね、俺は」

剃り残しの髭が残る頬をぽりぽりと掻きながら、豊さんは呟いた。

「もしかしたら、彼らは川崎の異臭事件にも関わっているかもしれません」

「冬児、おまえそう言うけどな、それならなんでそれを課長に報告しないんだよ」

「しましたよ、この前」

「本当か？」

疑惑と困惑が二色混在となった瞳が僕に向けられた。

僕は迷いを希釈するように息を深く吸ってから、喉元につかえていた言葉を吐きだした。

「嘘じゃありません。とにかく、課長たちがこの事態を僕らに任せた以上、僕らで解決してやりましょう。大事にはせず、ふたりで」

「協力は仰がないのか？」

「協力を仰げば、手柄もなにもかも、またあの人に掠め取られてしまいます」

「二島のこと言ってんのか？　俺は別に手柄を取られたって気にしないさ」

「豊さんは人がよすぎるんですよ。あの人が何件の報告書に悪戯したと思ってるんですか」

「あんなのは悪戯のうちに入らねえよ。それに、正義の味方は手柄のために動いてるんじゃない」

くっきりとした二重瞼の下で光る彼の意志が、僕の瞳を押し返す。

先を行く豊さんの背中に僕は深く身体を折り曲げ、精一杯の思いを告げた。

「豊さん、一生のお願いです。この件だけは、ふたりで内密に進めさせてください」

「一生のお願いなんて、そんな気軽に使うもんじゃねえぞ」

「いえ、本当に一生のお願いなんです」

「冬児、おまえも案外、エゴイスタだな」

「エゴイスタ、ですか……？」

「ああ、そうだ」

僕が返答に窮していると、豊さんは口元を緩め、「いまだにおまえのことがわからない時がある」とジャケットの内ポケットをまさぐりはじめた。その横顔がどうにも笑っているように見え、思わず「僕も、豊さんの考えがわからないことがあります」と返してみた。

豊さんは「違いねぇ」と面長の顔をかたかたと揺らした。

「川崎の異臭事件、あれはテロなんかじゃねえ。ただの煙草の不始末だ」

内ポケットから禁煙飴を取り出し、彼はそれを胸の前で揺らした。

箱の中から、からかうような音がする。

「なんでそう言い切れるんですか？」

「長年正義の味方をやってる男の、まあ、勘だ」

微かにコーヒーの匂いがする黒い飴玉を口に含み、「別に不思議でもないだろ？」

と豊さんは得意げな顔をする。

「不思議ですよ、充分」

「そうかい」

豊さんが禁煙飴をしまう際、僕はたしかに瞠目した。

「豊さん、その」

「なんだ？」

「いえ……」

僕はジャケットの内側に見えた土色のゴム手袋の存在について考えた。それは、およそ刑事が捜査の際に持ち歩くものではない。指紋をつけないための白手袋とは、厚みも重みも用途も違う。

僕はわずかに逡巡し、それから得心した。

「豊さん、その、書類置いてから行くので、正面玄関で待っていてください」

隣を歩く僕に豊さんは困った笑顔を向け、「早くしないと置いてくぞ」と一気に歩調を早め、僕を追い越していった。

「途中までは同じ道なんですから、一緒に行きましょうよ」

僕は言いながら、その足跡をなぞるようにしてあとを追った。開いた手帳に視線を落としながら歩く豊さんの背中から離れないよう、少しだけ駆ける。

窓から射し込む太陽の光が、豊さんの身体を真白に染めていた。

＊

午前十時。川崎駅に着いた僕らは、まず異臭騒ぎのあった地下街、川崎アゼリアへと向かった。アゼリアはちょうど開業祭の最中らしく、祭り特有のぬるい空気がそこかしこに満ちていた。どこからか、オルゴールの音も聞こえてくる。

オーストラリアに発つ前、僕はここを何度か訪れた。おそらく、まだ小学校低学年の頃だ。隣を歩く豊さんは知らないが、たしかに僕はこの町にいたのだ。

懐かしく騒がしい地下街を存分に歩き、僕は、惣菜売り場の休憩カウンターに腰を落ち着けた。豊さんは少し前からお手洗いに行っている。

そして、ようやくひょこひょこと戻ってきた。

「友愛、ね」

「なんですか、急に？」

「いや、親父が好きだった言葉が急に頭をよぎってな」

戻ってくるなり、豊さんはカウンターに肘を突いて、僕のたこ焼きを一粒、ひょいと口に放り込んだ。わざとらしく、はふっはふっと熱がるのが、また爺臭い。

「豊さん、それ僕のたこ焼きです」

「刑事たるもの、いかなる時も隙を見せてはいけないという先輩からの教えだ」

「先輩が後輩の昼食を盗ることのなにが教えなんですか」

「冬児、ついでにいいこと教えといてやる。人生において大切なものと大切じゃないものの見極め方についてだ」

「ごまかさないでくださいよ」

「盗まれた時、なにがなんでも取り返したいと思ったものが、大切なもので。まあ、なくても最悪なんとかなるか、ってものは、実は人生においてそこまで大切じゃあない。たとえば、俺にとっては家族や故郷が前者で、金とか名誉とかは後者」

刑事とは思えない自論を展開した豊さんは、「たこ焼きも後者」と付け足し、ひとりで頷いている。

「それ、もう何度も聞きましたよ」

「そうだっけ？」

締まりなく笑う相棒の顔に辟易した僕は、彼の手元にあるマヨネーズまみれの紙トレイからたこ焼きをひとつひょいと掬い上げ、口に放り込んだ。

「おい、それ俺のだぞ」

「罪を犯したら復讐されるという教えです」

豊さんは鼻を鳴らすと、「私的報復はとっくの昔に禁止されてる」と青のりのついた下唇を突き出した。

「でも起きるんですよ、結局」

「刑事の発言とは思えん」

「じゃあ、刑事の発言と思わなくて結構です」

「なんだよ、それ」

鼻を鳴らす豊さんをよそに、僕はカウンターに背を預けて、通りを眺めた。

正面に見える三番出口には、静かに回る不思議なモニュメントが建っていた。凛とした顔つきの女性がその前で忙しなく視線を泳がせている。誰かを探しているのだろうか。たしかに、前の通りには多くの人が行きかっているから、ここから人ひとりを見つけだすのは一苦労だろう。

「なあ、冬児。おまえ、家族とうまくやってるか？」

「なんですか、突然」

「姉ちゃんと喧嘩したとか、この前言ってたろ」

「あれはまあ、僕が悪かったのですぐに謝りましたよ。ただ、こちらも事情を説明したうえで頼んで、それで向こうも了解したんですから、あとから文句言われるのは納得いかないですけどね。ほんと、血の気と独り言が多い人間ですよ、あいつは」

「仲良くしろよ、家族なんだから」

「姉弟史上で今が一番仲が良いですよ。オーストラリアから帰ってきた頃は、本当に会話がなかったですからね。その頃、姉は荒れてましたし、僕も向こうの友人とずっとチャットやら電話ばっかしてましたから」

「冬児くんっぽいね」

「悪口ですか、それ」

「どうだろう」

豊さんが一笑し、会話が途切れる。代わりに、靴音、話し声、喧騒が耳を叩く。けれど、秋風の吹かない地下街はどこまでも凪いでいた。僕は視線をモニュメントに向けながら、僕が調べた情報も、テロリストの存在も、このまま嘘になってしまったらいいのに、とぼうっと考えた。

「おい、そこの」

不意に投げつけられた声で我に返る。眼前に三人の男が立っていた。

その組み合わせは普通というにはあまりにも奇天烈で、僕は公安職という身分、自分の役割、それらを抜きにして身構えた。

ひとりは、目深に被った野球帽が印象的な男だった。ナイロン製の古ぼけたブルゾンを羽織り、色褪せたジーンズを履いている。野球帽からはみ出た後ろ髪は伸ばしたというより、伸ばされたままと言ったほうが適切だろう。

もうひとりは、打って変わって小綺麗なジャケットを纏った青年だった。髪の毛もさっぱりと切り揃えられている。どことなく作られた感のあるその爽やかさは、就職活動中の学生を彷彿とさせる。

三人目は、身長百九十センチの欧米系の男だ。カナダ生まれをアピールしたいのか、紅白の一葉旗を模したイヤリングを付けている。濃茶色の髪は肩よりも長く、薄っすら筋肉の乗った首や腕にはボヘミアン風のアクセサリーがぶら下がっていた。

「地下連盟《ソッテラネア》になにか用か？」

野球帽の男が、僕の目を見ずに言った。

彼の口から飛び出た言葉に、僕は「ソッテラネア？」と無意識に聞き返していた。

「とぼけるんじゃねえぞ。入口を見てただろうが」

「入口って、いったいなにを――」

と、僕がそこまで言ったところで、豊さんが「まあまあ」と割って入ってきた。さすが長年現場で働いているだけあり、事を荒立てずに市民との紛争を納める話術は、研ぎ澄まされた職人芸のようにすら感じられる。

「おい、これだけは忘れるな。今日の主役は俺たち多摩川第三帝国《たまがわだいさんていこく》だ。警察だかなんだか知らねえが、くれぐれも邪魔だけはするんじゃねえぞ」

鮮やかな手際でなだめられた男は、舌打ちまじりに言い放った。

去っていく彼らの背に、僕は声をかけようか迷った。頭の中にある武器を、手持ちの情報を整理する必要があったからだ。

徐々に離れていく三人組の背中に視線を繋げたまま考えをまとめていると、肩に温かな感触が走った。右肩に置かれた豊さんの手が「もういいじゃないか」と言っているような気がして、僕は繋いでいた視線の糸を断ち切らざるを得なかった。

「俺は警察官失格だな」

豊さんは言って、再びカウンターに肘を突く。

彼らを追う気配は、微塵もない。

事が動きはじめる、確かな予感が、頭をよぎった。

川崎地下連盟《かわさきソッテラネア》

私は元来冷たい女だ。その冷たさは折り紙付きで、「近寺が初夏の畦道を歩けば、鳴いていた牛蛙たちが慌てて冬眠をしはじめる」と言われたほどだ。

無論、そんなことはない。

私はその噂を吹聴していた男に張り手を喰らわせ、黙らせた過去がある。高校一年の夏のことだ。以来、高校を卒業するまで、「蛙の繁殖を邪魔する女」として、周囲の小学生に恐れられていたが、それを聞いても怒る気にはならなかった。

やはり、どこか冷たいところはあるのかもしれない。

変温動物の天敵である私のもとに、ジンと呼び慕っていた情に厚い男からの手紙が届いたのは、一年半前のことだ。ジンが亡くなってから一ヶ月経ったある日、彼のご子息からそれは届いた。

封筒の中には手紙とは別に、一枚の紙が入っていた。メモ用紙のような簡素な紙には、「この手紙は遺書ではあるが、遺言状ではない」という旨がしたためられていた。

つまりは、法的拘束力はなんらなく、ただの言伝であることを伝えるための別添だったのだが、だからこそ手紙を読んだ時、胸を打たれた。

それは七十一年生きた男が涙色のインクで綴った、一人の女性と一曲の音楽にまつわる後悔の話だった。普段は勝気で、無骨で、泣き言のひとつも言わない不器用な男だったジンが、胸中にしまい込んでいた後悔を、死に際、私に吐露したのだ。

『おまえは後悔するんじゃねえぞ』

手紙を締め括るその一文は、今日までの五百日強、私の胸の内でたしかな熱を放ち続けている。

＊

いつものように黄色い帯の電車に乗ってＪＲ川崎駅へ向かう。中央南改札を出ると、くすんだ銀柱に支えられた時計台が午前十時を指していた。

初めて遅刻した、と二日酔いの頭でぼんやり考えながら、天井の高い駅構内を東口に向かって歩く。川崎で働きはじめて、早幾年。高校三年の秋から始めたアルバイトがそのまま将来の職になるなんて、当時の私に想像できただろうか。

いや、無理だろうな。そもそも私は想像力に乏しかった。だから冷たい人間にも拘《かかわ》らず吹奏楽部に所属したのだ。冷えているといい音で響かない、変温動物みたいなトランペットを私が上手く吹けるはずなどなかったのだ。

私がもっと上手に演奏できていれば、あの日の結果は違っていただろうか。

こんなことを考えてしまうのだから、やはり飲みすぎはよくない。私は残像を振り払うように階段を下り、東口に出た。

階段を降りてすぐの川崎アゼリア中央正面入口には、蚕の繭のようなものがぶら下がっている。正式名称は「アゼリア・宇宙カプセル」だそうだが、この球体からはどうにも小宇宙《コスモ》を感じることができない。その実、大型のオルゴールであるのだが、宇宙を冠する大胆不敵さとは反し、毎日決まった時間に決まった曲目を演奏する様からは、人間的生真面目さがにじみ出ていてしかたない。

もっと大胆に奏でろよ、と思いはすれど、それを口に出すこともない。

階段を降り、アゼリアの玄関口であるサンライト広場をそのまま直進すると、左手にアゼリアカードカウンターが見えてくる。カウンターの内側でチラシを折っているショートボブヘアの女性——伴内《ばんない》裕子《ゆうこ》が、私を見るなりにかりと破顔した。

「おはようございます、近寺さん。遅刻ですね、遅刻」

地下街にはおおよそ似合わない眩しい笑顔に目を細めながら、私は「裕子に言われたくないよ」と応えた。

私の声に、裕子の眉間がくしゃりと歪む。

「うわ、ひどい酒焼け声。昨日、どれだけ飲んだんですか？」

「気分がよくなるまでに決まってるでしょ。それ以外にお酒を飲む理由なんて、あるの？」

「ずいぶんと爺臭いこと言いますね。というか、髪の毛もぼさぼさじゃないですか。せめてまとめてください。はい、私のシュシュ貸してあげますから」

「ありがと」

彼女は川崎アゼリアを運営する会社に雇用され、一年前からここで働いている。あり余った活力で周囲をむやみに照らすため、一部の職員には天照大神の生まれ変わりと吹聴されているが、週三で朝寝坊する太陽神の霊験なんてないに等しいだろう。

「いいですねぇ、近寺さんのポニーテール。赤が気に入らなかったら、こっちの青いのを使ってください」

私は「そんなにいらないよ」と言いながらも、青いシュシュを右腕に巻き、軽く身体を伸ばした。

サンライト広場に垂れ込む陽の光が、彼女の羽織る青いジャンパーを煌々と照らしていた。跳ね返る光が、暗闇を好む私の目には少し痛い。

養生テープを腕輪みたいにつけた裕子も、真似して身体を伸ばした。皺ひとつない綺麗な手が照明に照らされる。左薬指の中腹で輝くピンクゴールドの指輪が、イベントチラシの上で幸せそうに光を放つ。

「今日はうまくいきそう？」

私の問いに彼女は「ぐふふ」と気色の悪い笑いを添えてから、「ばっちりすぎて怖いぐらいです」と胸を張った。拍子に、彼女の腹部が当たったのか、彼女専用のおやつ箱――ビーフジャーキーしか入っていない――が、カウンター上で小さく跳ねた。

「すごい自信だね」

「今日は多摩川の花火大会もありますからね。流れてくるお客さんを一網打尽にしてやりますよ」

「一網打尽、ね。でも、そうだね。できるだけ派手にやろう。そのほうが、きっとジンも喜ぶ」

「ですね。フィナーレは音楽隊の演奏に合わせて一緒にタオルを振りましょう」

そう語る彼女の手からチラシを受け取る。「アゼリア祭」と銘打たれたチラシは、秋を意識させる暖色を基調としていて、開業記念日である十月一日の日付が中央にでかでかと記されている。

祭を締めくくるフィナーレの曲目は、『坂本九メドレー』だ。

「……さすがにタオルは、振れないいんじゃない？」

「近寺さん、弱気ですね。振るという強い意思があれば、振れますよ」

「そういうものかな」

「そういうものです」

「まあいいや。裕子、昂るのはいいけど、計画を壊すような真似だけはしないでね」

「善処します！」

平常時でも大きな目をさらに大きく開いた裕子は、鼻息荒く了承を示してくれた。

私は明らかな不安を胸に秘めたまま、それでいてそれを直視しないようにして、目の前の彼女に「鍵、貸してくれる？」と掌を見せる。裕子は、「はいはい」と軽い口ぶりとともにポケットから分厚い棒磁石を取り出し、私の手にぽとりと落とした。

「ありがとう」

「いえいえ。そういえば、久家《ひさいえ》さんが探していましたよ。会議の前に運営事務局に寄ってくれって」

「なんだろう。とりあえず寄っておくよ」

「それと念のため確認なんですけど、今日の会議には芽吹《めぶき》さんも出席するんですよね？」

「うん。あの人今日、わざわざ休みを取ってくれたらしいよ」

「なるほど。承知しました」

「芽吹さんに、なにか用があるの？」

「いえ、なんでもありませんよ。ただ、会議が荒れそうだなぁと思っただけです」

「裕子、そういうことを言うのはよくないな」

私が裕子の頭を軽く小突くと、裕子は「反省しまぁす」と俯いてみせた。

裕子の甘ったるい声を最後に、中央正面入口へ戻る。中央正面入口の大階段下には、防災センターの案内標識が掲げられていて、そこをまっすぐ進むとアゼリアの運営事務局に突き当たる作りになっている。

「失礼します。近寺です」

事務局に入るや否や、「うぅん」と軟弱な呻き声が聞こえてきた。声の主は私に気が付くと、「ああ、近寺さん」と覇気を微塵も含まない声を漏らして会釈した。

何年も着古したカーディガンには毛玉が散居村のように貼り付いていて、洗練されていない丸眼鏡の上には手入れのされていない野暮ったい眉毛が乗っている。頼りない男性の模範ともいえる佇まいの彼は、川崎地下連盟会計役の久家さんだ。

「私に用ってなんですか、久家さん」

「いや実は、頼まれていたものが手に入ったんですよ」

「頼まれていたもの？」

私はふっと目を細めた。

「はい、これ」

「どうも……で、なんですか、これは？」

「なにって、ラジカセですよ。アゼリア祭で使うと聞いたので、倉庫から引っ張り出してきたんです。昨夜急に言われたから、びっくりしましたよ」

彼はそう言って、両手で抱えた赤と白のツートンカラーのオーディオ機器を誇らしげに掲げてみせた。スピーカーを覆うアルミ製のメッシュには、三日月の意匠が施されている。なかなか凝った代物だ。

「いやぁ、それにしてもラジカセなんてなにに使うんですか？　自分で用意しといてなんですが、今のご時世だと使いどころもないでしょう」

「いや、私はそもそもラジカセを用意してくれなんて言ってないです」

「えぇ、ホントですか？」

「ちなみにそれ、誰から聞いたんですか？」

「伴内さんですよ。ほら、昨日近寺さん早く帰ったでしょう。そのあとに伴内さんが僕のところへ来て、近寺さんがラジカセを探してるから急ぎ用意しておいてくれって」

「ごめんなさい。私、本当に知らないです。たしかに裕子にはいくつか買い出しを頼んでいましたが、ラジカセは言った覚えがありません」

「あれぇ、おかしいなぁ。それじゃあ、伴内さんの狂言かなぁ」

久家さんは腕を組んで唸った。幅の狭い肩がさらに縮こまる。

私は壁にかかった時計を見て、踵を返した。

「そろそろ会議の時間ですので、もう行きますね。久家さんも遅れないように」

「わかりました。では、のちほど」

運営事務局を出て、細い廊下を歩く。裕子はなぜラジカセを用意したのだろう。考えてみるが、皆目見当がつかない。心根の優しいあのおバカさんのことだから、きっと私のためになると思って行動してくれたのだろう。しかし、経費も無際限なわけではない。せめて、一度相談してくれればよかったのに。

「あれ、近寺さ――ぎゃっ」

「勝手なことしないの」

カードカウンターの中でこそこそ電話をしていた裕子を一発小突くと、彼女の顔から血の気が一気に引いた。ぽかんと開け放たれた口には生気がなく、見開かれた目には、深い怯えが滲んでいる。

「いや、そんなに怒っているわけではないから。感謝の気持ちもあるし」

「それは……私の父に、ですか？」

「は？」

「え？」

要領を得ない裕子に、私は「もういい」と言い残し、その場をあとにした。

こんなおバカが太陽神だったら、年に数回は西から陽が昇ってくるだろう。それはそれでおもしろそうだが、世界的な混乱が生まれそうなので、やはり御免蒙りたい。

＊

川崎アゼリア三番出口には、「友愛」と名付けられたモニュメントがある。Y字状の銀棒に球体が乗っただけのそれは、はたして友愛がなんたるかを伝えるに足るものなのか、甚だ疑問である。足を止める価値は、いわんや、ない。

しかし、私は毎日数回、このモニュメントの前で足を止めている。一九八六年十月一日、アゼリアの開業に合わせて寄贈されたこのモニュメント以外に地下連盟本部への入口はないからだ。

多摩川の花火大会と開業祭の影響もあってか、昼前だというのに通りの人影は普段よりも多い。私は周囲に不審な輩がいないことを確認してから、裕子から借りた棒磁石をモニュメントの球体にくっつけた。

カカカッと短い音が鳴った。球体内部の空間が磁力によって組み替わる音だ。こういう機構を俗にマグネットキーと言うらしいが、この場以外で見たことはない。

一秒ほど押し当ててから、Y字の部分を片手で押した。足元からキィと虫の鳴くような音がして、モニュメントは静かに回りだす。

その時だ。私は背中に寒気を覚え、振り返った。

三番出口の正面、「惣菜馳走」から気配がする。惣菜馳走の休憩所では、ふたりの男が仲良くたこ焼きを突いていた。双方が前を開いた黒のスーツを着ており、年齢はそれぞれ二十代半ばと四十代半ばと窺える。

そのうちのひとりが、案の定、こちらに鋭い視線を投げかけていた。

私は慌てて、人を探すような素振りを見せたが、幸か不幸か、そこにやつらが現れた。本当に、幸か不幸か、わかったもんじゃない。

スーツの男たちがやつらに気を取られている隙を突き、私はモニュメントを強く押した。再び、足元からキィと鳴く音がする。

モニュメントは元の位置に戻るように反回転を始め、カチコチとゼンマイの鳴る音に切り替わった。私は徐々に間隔が短くなるゼンマイの音を注意深く聞きながら、モニュメントの横に延びる通路を抜け、奥にあるエレベーターの下降ボタンを押した。

ガコンッ、と鈍い音が地下から響く。寂れた銀色のエレベーターがせり上がってくる。中から漏れる青白い光が、ふっと赤い光へと変わり、まだ酔いの残る私の脳を刺激した。

「何事も起きませんように」

私は呟いてから、苦笑した。

私がこれから、その何事を起こすのだ。

多摩川第三帝国

俺は本来熱い男である。その熱さは幾重にも裏打ちされており、「尾長が師走の町を歩けば、サンタクロースがサーフボードを担ぎだす」と言われたほどだ。

正直、悪い気はしなかった。情熱的な男というのは悪くない。そんなことを横にいる女に語ったところ、熱を一ジュールも含んでいないため息をつかれた過去がある。高校一年生の冬のことだ。以来、高校を卒業するまで、「サンタクロースを海に還した男」として、近所の小学生に指さされ泣かれもしたが、俺はそれを一瞥のもとに切り伏せて回った。

やはり、熱い男の視線というのは説得力に富む。

在りし日の日常を想起しながら、冷えた朝空の下、俺はカラスの群れが渡っていくのを天井の破れたプレハブ小屋の中から見つめていた。

彼らはすでにモーニングを済ませたあとなのか、やけに元気よく鳴いている。

川崎駅前にはラーメン屋や中華料理屋も多いが、やはり朝はパン屋近くのゴミ捨て場が人気なのだろうか。なんて、愚にもつかないことを考えながらあくびを飛ばす。これが今の俺の日常。虚しさなんて感情は、もうとっくの昔に忘れてしまった。いや、頑張れば思いだせるかもしれない。そんな気概で眉間に力を込めてみると、質の悪い紙が一枚、天井の破れたところからはらりと落ちてきた。

「ばっちぃ」なんて呟いてみて、額に不時着したそれを摘まみあげる。カラスの唾液が付いたのだろう。少し濡れている。指先を湿らせるこの葉書大の紙に、俺は見覚えがあった。

川崎駅の東口には、ラ・チッタデッラという複合商業施設がある。なんでもイタリアの街並みを模した施設らしく、そこには一回百円で手相を占ってくれる「真実の口」がある。占いの結果は紙に印刷され、吐き出される。しかし、すべてカタカナで記されているためどうにも読みづらい。たとえば、この紙には「コウカイノナイセンタクヲスベシ」とありきたりなことが書いてあるのだが、そもそも苦労して読み解いたことを後悔した。

俺は紙を握り潰して小屋を出た。

穏やかな秋の陽に温められた河川敷の空気が鼻腔を突く。

「今日もくせぇな、多摩川は」

俺が出てきた小屋の横には木製の看板が打ち立てられている。表面に勢いのある筆運びで「多摩川第三帝国」と記されているのだが、これはなにも俺の苗字が「多摩川第三帝国」であることを示すものではない。

多摩川第三帝国とは、多摩川河川敷の六郷橋付近に存在する小国家である。無論、国連には加盟していないし、国家としての機能はなにひとつ持たない。帝国民以外にはほとんど認められていないが、厄介なことに実体だけはあり、対岸の六郷土手のホームレスとは常に紛争状態にある。

つまりは、多摩川のホームレスが野垂れ死なぬように生み出された互助組織なのだが、それにしては互助の気配が希薄である。

ここで勘違いして欲しくないのは、俺はこの組織を頻繁に馬鹿にはするが、一度たりとも否定したことはない、ということだ。

否定などできるわけがない。

なにせ、独りで生きるにはこの河川敷は広すぎる。

俺がこの仰々しい組織で暮らすようになったのは、四年前のことだ。大学卒業と同時に起業し、一年も経たずに廃業した時は死を考えた。実際、あの時、あの場所で、あの男と出会っていなければ、俺はきっと生きることを諦めていただろう。

俺に生きる活力を与えてくれた男は、自分のことを「多摩川河川敷の皇帝」だと名乗った。その時はなんの冗談かと思ったが、今にして思えば、あの男はたしかに皇帝と呼ぶほかない器の大きな男だったと言えよう。

皇帝との出逢いを経て、俺はこの河川敷に棲み付くようになった。今ではアルバイトや缶拾いで日銭こそ稼げているものの、家賃を払うのが惜しくてここに居着いているありさまだ。

定期的に立ち退きを求めに来る市役所の連中とも、もう顔馴染みである。

「おーい、木宮《きのみや》ぁ、起きてるかー」

俺は隣に建つ掘っ立て小屋の扉をノックした。たぶんこれが扉で合っているのだが、あんまりオンボロなため、壊れた壁との見分けもつかない。ここに住んでいる木宮も扉を使わずに破れた壁を通用口代わりにしているため、この木片が扉である意味は、俺がこうしてノックをするときにしか生まれない。

「なんだ、いねえのか。切り込み隊長としての自覚が足らんな、あいつは」

踵を返してプレハブ小屋に戻ろうとすると、正面からライフル銃の如き得物を担いだ大男が歩いてきた。

「グッモーニン、皇帝代理」

そいつは俺と目が合うと、長い髪を川風になびかせ、微笑んだ。夏場はその重たそうな髪を見るだけでうんざりしたものだが、十月ともなれば多少はましに見える。

それよりもうんざりするのは、「皇帝代理」という呼び名のほうだ。皇帝が去って以来、現在は俺に皇帝位が任されている。俺にはそんな器も気概もないというのにだ。

「今日もいい朝だね、皇帝代理」

「おう、ルーカス。朝からディジリディーの練習か？」

「ディジュリドゥだ。何度言ったら覚えるんだい。これってあれだろう、日本語で鳥頭っていうんだろう？」

「おまえは相変わらず覚えなくていい日本語ばっかり覚えてくるな」

ルーカスは「単に忘れられないだけさ」と言ってから、大きく息を吸い、それをライフル銃みたいな管楽器に吹き込んだ。

突として、船の汽笛のような太い音が朝の多摩川に響き渡った。川のせせらぎが、鳥の鳴き声が、その音と混ざり合う。しばらくすれば、市の職員やおまわりさんが寄ってくるだろう。朝からでかい音で吹くのはやめろ、と何度も言っているが、こいつはどうやら都合の悪いことは覚えていないようである。

「ルーカスよ。この前、俺が言ったこと覚えてるか」

「ああ、もちろんさ。今日が花火大会の本番ってことだろう」

「違うけど。まあ、それも正解だ」

「故郷のオーロラも綺麗だけど、日本の花火はもっといいね。綺麗だし、それに寒くない。こういうの、日本語で一石二鳥っていうんだろう？」

頷きづらい日本語を操るこの男は、カナダ生まれで、いわゆるヒッピーと呼ばれる人間らしい。既成社会を嫌い、世界中を気ままに旅する生き方をする流れ者で、オーストラリアで日本人相手の英会話教師を経験したあと、ちょうど一年前に日本を訪れた。

訪日時の持ち物はパスポートとディジュなんたら、そして手帳とカメラとボイスレコーダーのみという尖った生き様で、羽田空港から歩いて横浜を目指していた際に十を超える警察官に職務質問されたと嬉しそうに語っていた。

日本の警察は優秀だ、と感じたのは後にも先にもこの話を聞いた時だけだ。

ルーカスは警察官らから逃げ回る際に見た花火にいたく感動し、特等席である多摩川の河川敷に住み着くことに決めたそうだが、花火が晩夏にしかやらないことは、その年の冬になるまで気付かなかった、とは本人談である。

「そうだ、皇帝代理」

「どうした、朝飯ならねえぞ」

「さっき、あっちの人たちがスチール缶を僕らの出荷袋に混ぜていたよ」

対岸の六郷土手を指さし、ルーカスは悪戯っぽく笑う。手に持っていたスチール缶を俺に渡すと、「ひどいよね」と言いながら髪をなびかせた。

「皇帝代理、中を見てみて。ほら、煙草の吸殻が入っているのが見えるでしょ」

悪い顔に促され、俺は中を覗き見た。

「――お、本当だ」

「こういうのって、宣戦布告っていうんだっけ？」

にまにまと笑いながらカメラを構えるルーカスに、俺は黙って首肯した。

「ルーカス、俺の雄姿、そのカメラでしっかり捉えとけよ」

「仰せのままに、皇帝代理」

人類の長い歴史を振り返ってみても、紛争の勃発にはさまざまな理由がある。たとえばそれは肥大した政権に対する市民の抗議運動であったり、どこかの国が恣意的に定めた国境線をめぐるものであったりする。時に、ここ多摩川ではスチール缶が頻繁にその火種となる。群雄割拠の河川敷において、缶ゴミは紛争資源となりうるのだ。

実のところ、スチール缶の換金相場は安い。アルミ缶と比べて、換金額はおよそ四分の一だ。とはいえ、金にならないわけじゃない。ここまでなら単価の安いものを押し付けてくるだけの可愛らしい嫌がらせで済む。

しかし、吸殻が入っていた場合は話が別だ。煙草の吸殻が入った空き缶を業者に渡せば、良くて減額、悪ければ今後取引自体が行えなくなってしまう。これが俺たちの出荷袋に紛れ込んでいたと考えると、身の毛もよだつ。

以前、俺がこの話をしたところ、ルーカスは「そういう話を求めていたんだ」と上気した顔で手帳に書きなぐりはじめた。正直、度が過ぎる変態だと思った。あれから彼の認識を改めるような清い行いも見ていない。

「ふんっ」

俺は軽く助走をつけると、右腕を大きく振りかぶって投げ返した。十年ほど前、甲子園で人間カタパルトと呼ばれた俺の強肩から放たれたスチール缶は、横幅八十メートルはあろうかという多摩川の上空を滑り、六郷土手王国の領地を目掛けて真っ直ぐと飛んで行く。

「アメイジング！」

隣から歓声とともに、まばたきみたいなシャッター音が鳴った。

数秒後、対岸から「うぎゃっ」と鳴く声がして、俺は拳を高く掲げる。

「へっ、ざまぁみろってんだ」

「すごいね、確実にたんこぶができる威力だったよ」

ふたりで仲良く勝鬨を上げた。向こう岸からは「うちの頭《かしら》になにすんだ！」「まったく紳士的じゃない！」「こっちは都民だぞ！」となにやらやかましい遠吠えが聞こえてくる。日常とはいえないが、ここではよく見る光景だ。

「うるせぇ、なにが都民だ。河川敷に間借りしてるだけだろうが」

「皇帝代理、あの畜生どもを多摩川緑地の肥やしにするっていうのはどうだい」

「なあ、ルーカス。ヒッピーって平和主義者じゃないのかよ」

「僕は好戦的な平和主義者なんだよ。これってあれだろう、抱き合わせっていうんだろう」

「そういうのは矛盾っていうんだよ」

なにを言っているのかよくわからない、ととぼけ顔を作るルーカスに俺は心底飽き飽きしたが、まあこれがこいつの可愛いところでもあるな、と渋々腹に呑み込んだ。

「部長っ……いや、皇帝代理」

「あ、木宮、てめえ今までどこに——って、どうした、そんな青っ白い顔して」

河川敷まで降りるために敷設された下り坂の中腹で、線の細い男が膝に手をついている。上下する肩は貧相で、羽織ったジャケットは着せられている感が拭えない。

「それが、あのですね……」

「いいから早く言えって」

大事なところで言い淀むこいつの悪癖は、高校の野球部時代から一向に治る気配を見せない。二十代も五合目を越えたというのに、なんら成長がない。

先輩である俺がいないと、なにもできない人間。それが木宮だ。

「実は、タマがさっき倉庫のところにいたんですけど」

「タマ？　タマって、あの憎らしいほどキュートな子だろう？」

「ああ、皇帝の家で飼われている悪戯っ子だ。そのタマがどうしたってんだ」

「タマが、倉庫の鍵を持って行ってしまったんです……」

俺は渋い顔のルーカスと目を見合わせ、それから倉庫のある上流方面に視線を向けた。寝起きの脳みそが狼狽え、頭蓋内に変な汗をかいているのがわかる。

「倉庫って、おまえ、あれがないと計画が」

「……すみません。必死で追いかけたんですけど」

倉庫の中に眠る道具が今日の計画の要だった。あれらがなくなったのでは、俺たちはこの先、にっちもさっちもいかなくなる。さて、どうしたものか。

「しかたない。六郷土手の馬鹿どもはあとだ。まずは、合鍵を作りに行く」

「合鍵ってことは、鍵の病院かい？」

「そうだ」

「皇帝代理、秀《ひで》さんでもそんなに早くスペアキーは作れないんじゃないですか……？」

調子はずれの口笛を吹くルーカスの隣で、木宮がぽつぽつ呟いた。

「秀爺《ひでじい》ならきっとどうにかしてくれるさ。賭けてもいい」

「皇帝代理がそこまで言うなら、僕もそちらに賭けよう。賭けられるものは何も持っていないけど」

ルーカスはキザなウィンクをひとつ飛ばし、「まあ、ミスター秀の店までたどり着けたらの話だけどね」と皮肉な笑みを浮かべた。その笑みの意味は、俺も木宮も及び知るところだ。けれど、行かないという選択肢もない。俺は上着のポケットに手を入れ、一通の手紙を抜き出した。

「木宮、兵を集めてくれ」

「は、はい」

プレハブ小屋が密集するほうに向けてばたばたと駆けていく木宮の背を眺め、皇帝と出会った日のことを思いだす。酒臭い思い出と手紙に刻まれた懐かしい筆跡が臓腑に沁みると、胸の内に吹く臆病風はぴしゃりとやんだ。

凪いだ胸がくすぐったい。

それを誤魔化すために深く呼吸して、俺は不意にむせ込んだ。

「ずっとくせぇな、多摩川は」

＊

「木宮、ほかのやつらはどうした」

「みんな、今日は夜頑張るから昼は休ませろって言って、来ませんでした」

「……そうか」

「皇帝代理、人情がないね」

「人情がないのはあいつらだ。俺にないのは人望だよ。言わせるな、こんなこと」

河川敷を出ると、大師道を渡り、堀川町線をまっすぐと歩いた。総勢二名の帝国民を引き連れて、十分もすれば川崎駅周辺にたどり着く。街中に掘られたアゼリアへ続く下り坂をすべてかわして、俺は中央正面入口の前に立った。定時の演奏を終え、殻を閉じて押し黙る宇宙カプセルが、やけに不気味に思えてくる。

「部長、なにも正面入口から入らなくても」

「バカ言うな。隅っこでこそこそなんてしてたら、皇帝に笑われちまう。あと、俺はもう部長じゃない。何度言ったらわかるんだ」

木宮はほとんど反射的に「すみません」と俯いた。

俺はそれを聞かなかったことにして、正面入口から地下へと降りた。

「止まれ。やつだ」

言下に俺はふたりの首根っこを掴み、階段の隅っこに急行した。夏場は涼を、冬には暖を取りに来るここアゼリアは、我ら多摩川第三帝国のオアシスである。しかし、安息の地では、決してない。

俺たちはしばし息を潜めた。大階段の近くで揺れるポニーテールが視界から消えるまで、辛抱強く待った。

「ったく、ようやく行ったか。よし、行くぞおまえら」

「今のは皇帝に笑われないのかい?」

ルーカスが無垢な瞳で訊ねてくる。

「あのじじいの腹立たしい笑い顔がもう一度見られるなら、俺はなんだってするさ」

サンライト広場をずかずかと歩き、見張り台にも似たアゼリアカードカウンターの前に立つ。「おい、番台」と声をかけると、頭をさすりながらチラシを整理していた女が、むくれた面でこちらを見上げた。

「あっ、多摩川第三帝国」

「さっきそこで近寺を見たが、あいつは何時にここに戻る」

「近寺さんなら昼過ぎまで戻りませんよ」

背後から安堵を含んだ間抜けな声がふたつあがった。

「どうしたんですか。また近寺さんにお説教されに来たんですか」

「ばか言え。説教なんてされたことねえよ。いや、なに。ちょいと大事な話があってな。宣戦布告というか、果たし状というか。しかし、なるほど、戻るのは昼過ぎか。伝えたいことがあったが、しかたない。これぱっかりはしかたない」

ここぞとばかりにぼってりとしたため息を吐き出し、肩を竦める。

「なんなら、言伝ておきますよ」

「いや、それはやめろ」

「え、でも」

「やめてくれ」

「ええー、なんでですか」

「大切なことは直接言うものだ。皇帝ならそうする」

俺が背を向けると、番台は「そういうのって、結局言えず終いになっちゃうんですよ」とやけに寂しげな声を漏らした。この女、俺たちを浮浪者扱いしない清い心を持ってはいるが、滅法察しの悪いところが玉に瑕である。

「出直すことにする。あばよ、番台」

「番台じゃなくて伴内です。ばん、な、い。そろそろ覚えてくださいよ」

「わかった、わかった。おら、野郎ども、秀爺のとこ行くぞ」

そう残し、秀爺の鍵屋がある二番街通りへと足先を向けた。背後から響く「迷惑になるようなことしないでくださいねぇ」という言葉を聞かなかったことにして、サンライト広場を東に進んだ。

「皇帝代理、ミスター秀は今日、どんな香りがするかな」

「別に、普段どおりの加齢臭だろ」

俺は言ってから、自分の天邪鬼さに辟易とした。

＊

「午後二時前には用意できますから、あとで取りに来てください」

センターで分けられた白髪を揺らして、秀爺は手元のメモ用紙に一筆記した。

「ずいぶんと早いな。既製品だからか？」

「いえ、あれは特注の鍵ですよ。ちょうどこの前、あれのスペアキーを作ったところでして、今日それが工場から二本だけ届くんです」

「なんだ、秀爺も倉庫使う予定あったのか」

「まあ、そうですね」

「へえ、そいつはタイミングがよかった。助かるぜ、秀爺」

「私も彼には大変お世話になりましたから。このくらいは」

秀爺の背後、壁に掛けられた「鍵の病院」の看板は四方が蛍光灯に焼けている。彼がここで働きはじめて何年経つのか、俺は知らない。

秀爺は皇帝の古い友人だ。多摩川第三帝国にさまざまな面で貢献してくれている好々爺でもある。件の倉庫ももともとは彼のものであり、俺たちは彼に頭が上がらない。言ってしまえば、彼も恩人なのだ。

「あれ、秀爺、今日はラジオ聞いてないのか？」

「ええ、ずっと使っていたラジカセが壊れてしまったんですよ」

秀爺は黒いラジカセを軽く撫で、中からカセットテープをひとつ取り出した。

「おかげで、今日聴きたかったカセットも聞けそうになくて、残念です」

「よし、なら俺たちが代金代わりにラジカセ手に入れてくるよ」

「いや、それは悪いですよ」

「いいって、いつも世話になってるし。それじゃ、昼過ぎにまた来るからさ」

秀爺の店をあとにした俺たちは、三番出口方面へと向かった。

先を行く俺に、木宮が小走りで並んでくる。

「皇帝代理、ラジカセって、当てはあるんですか？」

「ねえよ。最悪、六郷土手を襲撃でもして手に入れるさ」

戦だね、とにわかに色めき立つルーカスを前に、俺は「でも、その前にやることがある」と高らかに宣言した。途端、隣を歩く木宮の眉間に軽く皺が寄る。

「また行くんですか。迷惑になりますよ」

「木宮、知らないのかい。腹が減っても戦はできる、だよ」

「できてどうする。腹が減ってちゃ戦はできねぇから、今から腹ごしらえに行こうって話だろうが」

渋る木宮をなだめながら惣菜馳走の店先に着くと、念のため周囲を見渡した。馬の尾っぽが揺れていたらたまらない。

しかし、見つけたのは見当違いの輩だった。二人とも前を開いた黒のスーツを着ていて、互いの年齢は一回りほど違うように見える。

その年高のほうが俺の気に触れた。若いほうは地下連盟の入口に身体を向けているだけなのだが、年高のほうはカウンターに身体を預けたまま、鋭い流し目で入口に熱視線を向けていたのだ。

もしや、地下連盟に関わりがある連中なのか？

あまりの怪しさに俺が「おい、そこの」と声をかけると、二人はびくりと肩を震わせた。背の高い年若の男の視線が、人目を惹くルーカスに自然と集中する。

対して、年高の男はさっと目を逸らしたので、俺は、やはり、と了解した。

「地下連盟《ソッテラネア》になにか用か？」

「ソッテラネア？」

要領を得ないといった表情で狼狽える若人の肩越しに、年高のほうの身体がわずかに強張ったのがわかる。

「とぼけるんじゃねえぞ。入口を見てただろうが」

「入口、いったいなにを言って――」

若いほうが眉根をきつく寄せたところで、年高のほうがくるりと身を翻し、「まあまあ」とわざとらしく割って入ってきた。

「私たち、実はこういう者でして……」

年高の男は懐から黒革の手帳を取り出した。それが警察手帳と呼ばれるものであることには、すぐに気が付いた。俺とルーカスに関して言えば、網膜に焼き付くほど見たことがあるのだ。

「この前、ここで異臭騒ぎがあったのを知っていますか？　ちょっとその件で捜査してるんですよ。いやなに、捜査といってもそんなたいしたものじゃないんですがね」

男は柔和な笑みを浮かべながら、流れるようにそう語った。優しげな瞳が普段職務質問をしてくる警官のそれとは違っていて、心がほだされそうになる。

決心が丸くなるのを恐れ、俺はすぐにその場を立ち去ることにした。

「おい、これだけは忘れるな、今日の主役は俺たち多摩川第三帝国だ。警察だかなんだか知らねえが、くれぐれも邪魔だけはするんじゃねえぞ」

木宮の肩を軽く叩き、背後で微笑むルーカスに顎で促す。

惣菜馳走をあとにする俺たちを、警察官たちは不思議と追ってこない。

「へい、皇帝代理。戦の前の食事はどうするんだい」

「向かいの旬菜百華で済ます」

「あそこ、試食コーナーあったかな?」

「ねえよ。俺がのり弁奢ってやるから、一度この地下街から出ようぜ」

「わお、木宮、聞いたかい? 皇帝代理のおごりだって。これ日本語で、先輩風っていうんだよね」

「いや、ルーカスさん、その使い方はちょっと……」

「違うのかい?」

「別に違いやしねえさ。だがこんないい風めったに吹かねえぞ。たっぷり浴びとけ」

俺の言葉に引きつった笑顔を見せる木宮と、風を浴びる真似をするルーカス。

こんな平穏な日々が続けばいい、そんなことを思う自分自身に唾を吐いた。

俺が今から、その平穏を崩すのだ。

閑話　その一　瞳と靖枝、挨拶をする

担当患者さんの朝食介助を終え、高校時代の友人から不意にかかってきた電話に応えた私は、くじ付きの缶コーヒーをすすりながら一休みをしていました。慌ただしく動き回る白衣の天使の群れを「おうおう、忙しないなぁ」と眺めてから、おもむろに光まぶしげなほうへ目を向けます。

窓の向こうには、雲ひとつない秋晴れが広がっていました。

今日は多摩川の花火大会。七色の花びらはさぞかしこの空に映えることでしょう。それこそきっと、とげとげしいデジタル加工も必要ないくらいに。私が勤めるこの病院からだと音しか聞こえないのですが、今夜はなぜだか、この眼で見られるような気がしてならないのです。

「瞳、サボってないでバイタルチェックしてきて」

空を飾る炎に想いを馳せていると、眉根を渋く寄せた看護師長が私の前に立っていました。

私は「自分の担当分は終わりましたよ」と胸を張り、勝ち誇ります。

自分に非がない時、こうして強気に出られるのが私の強みでもあるのです。

「あら、本当に？」

「はい。私はデキる女ですので」

「嘘おっしゃい。終わってないでしょ」

看護師長の言葉にまったく身に覚えのない私は眉根を渋く寄せ、クリーム色の天井を見上げました。はて、私はなにか見落としていたでしょうか。

「芽吹さんの分。彼女、今日はお休みするって言ってたじゃない。彼女の担当分、今朝みんなに割り振ったでしょ。なに、あんた忘れてたの」

「呑気にコーヒーなんか飲んじゃって」と、ため息を漏らす看護師長の視線をたどり、私は思わず「あっ」と声を上げました。

「思いだした？」

「看護師長、当たりです」

握り締めた黒い缶のタブを上げ、「当たり」と書かれた裏側を看護師長に見せました。まさか部下がこんなところで豪運を発揮するとは、看護師長もさぞ驚いたのでしょう。日光浴中のカバみたいに口をぽかんと開け、固まってしまいました。

「看護師長、どうです？」

「どうですって……それ、当たるとなにがもらえるの？」

「ロゴ入りの限定ジャンパーです。指定のコンビニで引き換えできるんですよ」

「ロゴって、髭のおっさんがふてぶてしくコーヒーを啜ってる、このロゴ？」

「はい」

「あんた、それ着るの？」

「たぶん着ません」

「じゃあ早くそのゴミ捨てて、仕事してきなさい」

看護師長におしりを叩かれ、私は「はぁい」と歩きだしました。

せっかくの当たりくじを泣く泣くくずかごに放り込むと、かこんっとなんだか小気味のよい音がして、やはり今日は花火が見られるかもしれないと思いました。

＊

十二階に上がり、北病棟の廊下をぺたぺたと歩き、突き当たりの個室へ向かいます。扉横にかけられた名前プレートをしっかりと確認して、「めずらしいこともあるものだなぁ」なんて思いながらノックをすると、中から「はぁい」と丸っこい声が返ってきました。

「失礼しまーす。入りますね」

「どうぞ、いらっしゃい――あら？」

病室に入ると、背の持ち上がったリクライニングベッドの上で読書を楽しむ女性が目に飛び込んできました。撫でつけられた白髪としゃんと伸びた背筋はどこか優雅で、自然と「淑女」という言葉が頭に思い浮かびます。

彼女はそのもっちりとした頬を揺らして「今日は芽吹さんじゃないのね」と、私に微笑みかけました。

ベッド脇の可愛らしいミニコンポからは、穏やかな曲調の名曲が流れています。

「はじめまして。看護師の鏑木瞳です。今日は一日、私が担当しますので」

「はじめまして。金刺《かなさし》靖《やす》枝《え》です」

彼女はそう言って、ミニコンポの停止ボタンを押しました。

「よろしくお願いしますね、瞳さん」

窓ガラスを透過して凛と涼しげな秋の陽が靖枝さんを照らす様を見て、私は、やっぱりジャンパーもらっておけばよかったかな、とちょっぴり後悔しました。

花火が上がる時間には、きっと冷え込むに違いありません。

私の視線の意味に気が付いたのか、靖枝さんは「この空に上がる花火は、きっと幸せ者ね」と言って、ふくふくと笑いました。

窓の外には、抜けるような秋晴れが広がっています。
私はその青を見て、「そうですねぇ」と呟いたのです。
さて、ここで一度、閑話休題。
話は、午後一時へと進みます。

第二章　暗躍の午後一時

六郷土手の紳士

いや、ご馳走様。ごめんなさいね、缶コーヒーまでいただいちゃって。ちなみに飲み終わったらこの缶、いただいても？　いや、別にくじ付きだからとかではないよ。こんなもん当たるわけないからね。単純に缶は資源なんだ。金になる。

さてさて、十月一日の午後一時だったね。その時間は住まいに戻ってたよ。どこって、六郷土手の川縁《かわべり》だよ。静かなリバーサイドだよ。

ああ、でもその時間は静かじゃなかったな。というのも、変な奴らがいたんだ。若い外国人、三、四人くらいのグループ。みんな高そうなカメラを首から下げててさ。手には揃いの革手帳を持ってるんだ。

いやいや、あれは観光客じゃないね。今まで何千人と観光客を見てきたけど、あいつらは纏ってる、なんていうの、アウラが違ったね。アウラが。

手前ども、危機管理能力は高いときたもんで、すぐにそいつらとは距離を置かせていただきました。それはもう迅速に。多摩川が氾濫した時とほとんど同じ速ささ。

しかしよく見てみると、彼らやっぱり奇妙でさ。ぼろい軽トラックで移動してるみたいなんだよ。おかしいでしょ、カメラを携えた若い外国人グループが多摩川沿いで軽トラ乗り回すなんて。

しかもよ、しかも。そのトラックの荷台、こんもり膨らんでたのよ。撥水加工された真新しいビニールシートが荷台にかかってたんだけどね、それがぽっこり、コブみたいに。

怪しいでしょう。だから私もね、六郷土手紳士会の会長としてね、偵察したのよ。連れを二人ほど付けてさ、こっそり荷台の中覗いたの。

したら驚き桃の木山椒の木、ブリキに狸に洗濯機よ。荷台には大量の花火が積んであったんだから。大きさはどれも十センチ程度だったね。あれはたぶん四号玉だ。多摩川の花火大会でよく使われる大きさだよ。詳しいでしょ。紳士の雑学さ。

まあ、だから、とにもかくにもそういうことだよ。あいつらがこの事件の犯人さ。きっと名のあるテロリスト集団かなんかだろう。私の慧眼に狂いはない。

え、あいつらは犯人じゃない？

冗談きついよ。いくら川崎といえど、あそこまで危なそうなやつら、なかなかいないって。ちょっと、なんであんたがそんな哀しそうな顔してるのさ。ほら、私のコーヒー飲むかい。残り一口しかないけど。ああ、そう。じゃあ私が飲んじゃうもんね。

――っふぅ。
あらら。こりゃ参った。
こっちも外れか。

神奈川県警刑事部捜査第一課

　午後一時、アゼリア内での聞き込みを終えた僕と豊さんは、小休憩を取っていた。最近あやしい人は見なかったか、この前の異臭騒ぎについてなにか知っていることはないか。主にこのふたつの質問を投げかけて歩いたのだが、有力な手掛かりはなにひとつ得られなかった。

　納得できなかったのは、前者の質問にすら首を縦に振る人間がいなかったことだ。おかしなことを口走っていたあの三人組。彼らがあやしい人に分類されないほど、川崎という街は妙ちくりんな輩が跋扈しているのだろうか。

「まあ、川崎だしな」

　豊さんは事もなげにそう言った。風評被害も甚だしい。

　海島と名付けられたバスターミナルの片隅で、缶コーヒーを啜りながら空を見ていた。高いビルに切り取られた空は面積が狭い分、その深さがより際立って見える。吸い込まれそうな深い青に視線を下げる。不意に、妙な違和感を覚えた。

「どうした、冬児」

「ああ、いや、なんでも」

「なんでもって、そんな冷てぇこと言うなよ」

「別に冷たくはないと思いますけど。そうですね、ごみごみした街なのに、電柱はないんだなって思っただけです」

僕が街並みをなぞるように人差し指を宙で動かすと、豊さんは「ああ、そりゃ無電柱化計画のおかげだな」と首の骨をぽきりと鳴らした。

「無電柱化計画、ですか？」

「おう。街の景観をよくするために電線を全部地下に埋めたらしいぜ」

豊さんによると、川崎は一九八〇年代に多くの再開発事業を行ったらしい。件の川崎無電柱化計画もその一環として一九八一年から始められたもので、今日、川崎駅前に電柱がずらり並んでいないのは、そのためであるとのことだった。

「この前、第六期の無電柱化計画が終わったところじゃなかったかな。とはいえ、埋めた電線の配線やら管理やらで昔は結構揉めたみたいだけどな」

「へえ。豊さん、ずいぶんと詳しいですね」

「受け売りだよ、受け売り」

豊さんは、かたかたと笑った。目尻に刻まれた皺が午後の日差しに照らされて、くっきりと黒い線として現れていた。缶コーヒーを握る手の甲は飴色に輝いていて、日に焼けながら現場を駆けていたことが容易に想像できる。

ここ数年コンビを組んだだけの僕にもわかる。

豊さんは働き者だ。

それなのに、彼は「出世知らず」などという不名誉極まりたる渾名を背に貼られている。別に、豊さんは仕事ができないわけではない。多分に事なかれ主義なところはあるけれども、決して無能ではない。なんなら、うわべだけ正義で取り繕った頭の丸い小物より、立派に正義の味方をやっていると断言できる。

「っと、すまねえ。娘からだ」

ブーッブーッと低い振動音を鳴らす携帯電話をジャケットの内側から取り出して、豊さんは締まりのない顔で、声の届かないところまで歩いていった。

いつもの光景。そして、彼の出世できない理由。

豊さんは、家族を愛しすぎている。彼が家族よりも仕事を優先することは、決してない。常に手柄の少ない暇な仕事を進んで引き受け、市民平和を裏からひっそり支えるばかりだ。

刑事課にいるのも、彼の本意ではないらしい。彼の進退を気にかけた当時の上司が、「刑事課に行けば否が応でも気張るはず」と半ば無理やり配属させたそうだが、その思惑は見事に外れ、出世知らずの豊ができあがった。

今でさえ、市民との距離が近い交番勤務に戻りたいと事あるごとに言っている。

そんな豊さんを白眼視する一部の刑事から、手柄を横取りされたりもした。「手柄も資源も有効活用が基本だ」と、クマネズミみたいに口を歪めたやつだ。

けれど、豊さんはそれを別に構わない、といった様子で歯牙にもかけない。

豊さんに一度聞いたことがある。

ならば、どうして警察官になったのかと。

彼は、あっけなく答えた。

「俺も正義の味方になりたかったんだ」

当時刑事課一年目で右も左もわからなかった僕は、その時、ついていくならこの人だ、と直感したのを覚えている。あれだけの仕打ちを受けたら、僕ならきっと早々に心が折れに折れ、足腰立たなくなってしまっていたことだろう。

「待たせたな。もう一度聞き込み行くか」

豊さんこそが正義の味方にふさわしい。

ひょこひょこと肩を揺らしながら戻ってきた皺深い顔を見て、改めて思った。

豊さんは手帳になにか書き込みながら歩く癖がある。「危ないですよ」と何度注意してもやめないので、僕はもう放っているのだが、階段でそれをやられるとどうにも冷や冷やする。心臓によくない。後ろに立つと手帳の中が丸見えなのも、セキュリティ面でよろしくない。

＊

「豊さん、手帳の内容、丸見えですよ」

「冬児くんのえっち」

「そこ、惣菜馳走の惣の字、間違ってますよ」

「俺が読めればいいの」

もしかしたら、こんな危険なことをやめてくれるのではないか、そういった淡い期待を抱いて、今日もそれとなく注意してみるが、この人はどうも鈍い。

まあ、この人は一度こうと決めたら頑固なところがあるから、気が済むまでやらせたほうがいいことはわかっている。一度行くところまで行ってもらって、それからひっくり返したほうがいいのだ。それで僕が割を食うのは、別に構わない。

「豊さんはどうして青いペンばかり使うんですか？」

「たくさん持ってるからだな」

「青いペン、好きなんですか？」

「いや、一時期青いペンのほうが記憶しやすいって噂になったことあったろう。物忘れを気にしだした親父がそれを信じちゃってさ、実家にしこたま余ってるんだ」

階段を下り終えた豊さんは、頭上の案内板を見回しながらそう答えた。「あれ、これ言わなかったっけ」と零す豊さんに、僕は青インクの効能を疑わざるを得ない。

「豊さん、次はどこへ行きますか」

「そうだな、チッタデッラにでも行くかぁ――」

豊さんがジャケットの内ポケットから携帯電話を引き抜くと、同時になにか黒い箱のようなものが零れ落ちた。足元まで転がってきたそれを「なにか落ちましたよ」と拾い上げようとした頭上から、「触るな！」と鋭い声が降りかかる。

「す、すみません」

「いや、こっちこそ、すまん」

豊さんは困ったように笑いながら、タイルの上に転がったそれを拾い上げた。あまり聞かない豊さんの尖った声に身体を強張らせたまま、僕は黒い箱に目線を向けた。

よく見れば、それは今ではあまり見かけない、カセットテープだった。

「これ、預かりものでな。大切なものなんだ」

「そうだったんですか」

「いきなり怒鳴ってすまない。俺は警察官失格だな」

豊さんの眉が哀しげに下がるのを見て、僕はとっさに「やめてくださいよ、陰気臭い」と軽口を叩いてみる。

「いや、これまたすまない。娘は、明るいんだがな」

カセットテープをしまい、襟を正した豊さんは何事もなかったかのように歩きだした。僕は眼前で揺れる少し狭い背中を眺めながら、彼に怒られるのはこれで二度目だな、と妙に冷静に考えていた。

少し進むとサンライト広場へと出た。やはり人が多いなぁ、なんて奥歯を噛んでいると、「おまわりさん、ちょうどいいところに」と右手のカードカウンターから不意に声が飛んでくる。

「はい、なんでしょう」

僕が振り向くよりも早く豊さんが答えた。

とっさに答えたからだろう、声が変に上擦っている。

「犬が地下街をうろうろしているらしくて、捕獲するの手伝ってくれませんか？」

「おお、それは大変だ。冬児、手伝ってやろう」

快活な印象のショートボブヘアの女性は、躊躇うことなく頭を下げてきた。豊さんの妙な声色に笑っているのか、肩が小刻みに揺れている。

「豊さん、僕たちは便利屋じゃないですよ。迷い犬を探している暇はありません」

僕が言い終わるや否や、目の前の女性はカウンター内の箱からポリエチレン製の袋を取り出し、再び頭を下げた。

「そんなこと言わずに。ビーフジャーキーあげますから」

「いや、そういうのは受け取れないんですよ」

「無添加なのに」

「そういう問題じゃなくて」

「冬児、いいじゃないか。捜査も行き詰まっていたことだし、ここからは手分けして犬を探しつつ、聞き込みを続けよう」

「豊さん、そんな勝手に」

さすがにお人好しがすぎるだろう。

僕は胸中で深く息を吐いた。

「捜査経済を考えろ、課長がよく言ってるだろ。事件ごとに見合う手間や労力ってもんがあるんだ。おまえだって今朝言ってたじゃないか、異臭騒ぎは手間と労力をかけてまで捜査すべき案件でないって。正直、俺もそう思うよ。同時に犬探しもしたほうが、よっぽど経済貢献できるとは思わないか？」

「そう言われれば、そう、ですかね」

「そうなんだよ。というわけなので、お嬢さん、お受けしますよ」

「よかった。それじゃ、お願いします。その犬、鍵を咥えているので、鍵ごと連れてきてください」

「ほう、鍵ですか」

豊さんは顎先に手を当て、怪訝そうに眉を歪めた。

「はい。仕事で使うんです。なんなら、鍵だけ持ってくるでもかまいません」

彼女は言って、犬と鍵の特徴が記された紙を僕の手に握らせた。こんなものを用意していたということは、はなから誰かに頼る気満々だったということだろうか。なかなかのエゴイストである。

いやしかし、それにしてもこの絵だ。紙の端に描かれたこれが、犬だろうか、はたまた茶こけた耕運機だろうか。とても前衛的だ。後ろの豊さんも、犬の絵がツボにはまったのか、頼ってくれた市民の前で吹き出す始末だ。

「豊さん、失礼ですよ」

「いや、すまん」

「絵が下手ですみませんね。私のこれは、親譲りなもので」

彼女は厳しい目で豊さんを一瞥する。

「そう怒らないでください。それにしても、本当に鍵だけでいいんですか？　犬の捕獲が主目的じゃないんですか？」

「ここまでひとりで来られる子ですから、きっと大丈夫でしょう」

「大丈夫って、なにがです？」

「えーっと、悪さはしないだろうってことです」

「悪さ、ですか」

僕が目を細めていると、豊さんが肩に手を置いてきた。

「冬児、頼ってきてくれている市民にあまり失礼な態度はとるな」

「そっちだって笑ったくせに」

「念のため確認ですけど、おふたりが手分けして探してくれるってことでいいんですよね」

「はい、その認識で違いありません。な、冬児」

「はい、そうですね」

「よっしゃ！」

ショートボブの女性はあからさまにガッツポーズを決め、それから顔を赤らめ、しずしずとカウンター内に戻っていった。

まあ、川崎だしな。僕はむりくり納得することにし、その場をあとにした。

サンライト広場から中央正面入口に向かう最中、どこか気の抜けた表情の豊さんに、僕は頭の中を整理しながら訊ねてみた。

「豊さん、今さっきの件ですが」

「ああ、笑ったのは迂闊だった。以後、気を付けるよ」

「いえ、そうではなく。彼女はなぜ我々が警察官とわかったんですかね」

「なんだよ、いきなり」

「制服ならまだしも、ぼくらはスーツ姿です。なのに、いきなりおまわりさんって声かけますかね、普通」

「それは、そうだな……俺たちが朝からここで聞き込みしてたからじゃないか？　同僚とかから俺たちの話でも聞いてたんだろ」

意外なほどしっくりくる豊さんの推察に、僕は「なるほど、そういうことか」と静かに得心した。普段の豊さんなら「そんなのどうでもいいだろ」と流すはずだ。

つっと視線を腕時計に垂らす。短い針は二の字を指していて、僕はどこからか流れてくるオルゴールの柔らかな音に合わせるように、「それは、まあ、ありそうですね」と薄い言葉でようやく答えた。

「冬児くんの推理力もまだまだだね」

茶化すように流し目を向けた豊さんは、一息ついてから、「でもやっぱり、おまえは正義の味方に向いてるよ」と顔をかたかた揺らして笑った。
それはどうだろう。僕は思った。

川崎地下連盟

低い天井。埃っぽい空間。部屋の隅には黒い影が溜まっている。交換されたばかりの蛍光灯が放つ刺々しい光は、部屋の中心で輝くのみで、その暗闇までは照らさない。光の下には幅の広い長机があって、パイプ椅子が四脚置かれている。

私は扉に一番近い席に座って、会議の資料を眺めていた。

川崎地下連盟の本部施設。そう言えば聞こえはいいが、実際はただの会議室。それも窓なしの陰鬱な空間だ。豪奢な装飾や、高価な骨董品などもない。

川崎地下連盟はアゼリアの商店振興組合だ。ゆえに、運営メンバーはほとんど商店主たちで構成されている。アゼリアの運営会社とは全く別の団体。組合の起こりには川崎の秘密も関わっているため、限られた構成員のみで意思決定がなされている。世間にも名前は公表されておらず、その存在を知る者は極端に少ない。

また、おかしな名前を冠しているが、これはローマ地下連盟《ソッテラネア》というイタリアの非営利組織に由来している。当時の川崎はとにかくイタリア贔屓だった。だから、シネコンにもラ・チッタデッラと名付けたのだ。

説明したところでその奇怪さが拭えぬ川崎地下連盟だが、ここ一年は商店の振興以外にも、ある計画のために活動している。いや、暗躍と言ったほうが適切かもしれない。

「ねえ、まだ休憩するわけ？」

薄紅色の爪をいじりながら、彼女は苛立ちを含んだ声を上げた。

爪よりも少し濃い色のルージュが、口元で艶やかに光っている。

「だいたい、水煙草休憩ってなに？　煙草休憩ならまだわかるけどね。一服せいぜい五分、十分だから。でも、水煙草は違うでしょ。一服に一時間近くかかるのよ。おかしいじゃない。それを会議の小休憩中に吸いに行くなんて、非常識にもほどがあるわ」

鋭い目つきをした彼女、芽吹さんは、数年前までアゼリアのベーカリーショップで店長として働いていた。現在は川崎市立病院で看護師をしているのだが、なにせおそれと替えの利かない団体だ、今回はOGとして参加してくれている。

芽吹さんは南半球の乾いた気候で幼少期を過ごしたこともあり、湿っぽい島国育ちの私たちよりも多分にあけすけなところがある。そのせいか周囲に敵を作りがちだが、根が悪い人という訳ではない。もちろん、目に見える部分はすこぶる悪い。

「芽吹さん、少し落ち着いてください」

苛立つ彼女を頼りない口調でなだめているのは、久家さんだ。彼はアゼリアの片隅で電子機器の修理店を営んでおり、連盟の会計役も務めている。電気と数字に強い、古きよき理系男子だ。

「僕らは僕らで昼食をとれたんですから、それでいいじゃないですか」

「とれたんじゃないわよ。しかたなくとらされたのよ。会議が終わってからでよかったのに。なんでだかわかる？　あのご尊老の水煙草休憩のせいよ」

椅子から跳び上がりそうになって悪態をつく芽吹さんに、久家さんは水気を切られたスポンジのようにきゅっと縮こまった。

「なら、食べなければよかったじゃないですか」

彼の口先から一言漏れるが、芽吹さんはそれをきつい一瞥で切り伏せた。久家さんは口元からも水気が抜かれ、さらに縮こまる。

相も変わらぬ力関係にほとほと呆れながら、私は壁にかけられた時計を見た。

午後一時。計画の最終確認を行う打ち合わせが始まってから、すでに三時間弱が経過していた。とはいえ、三分の一は盟主の水煙草休憩に費やされたので、打ち合わせをしていたのは実質二時間程度。まだまだ確認事項の消化は終わらない。

「だいたい、この前の異臭騒ぎだってあの水煙草が原因じゃない。換気扇止めたまま一晩中煙を吹かすなんて正気じゃないわ。あたし、慌てて駆け付けてびっくりしたんだから。部屋の中、煙が充満してて、その中にじいさんが佇んでいるんだもの。ランプの精でも越してきたのかと思ったわよ。ねえ、恵梨子」

「たしかにあれには驚きましたね。守屋盟主は、自分じゃないって言ってましたけど」

「よくもあの状況でしらばっくれられるわよね。原因は自分じゃない、でも犯人捜しはやめてくれなんて。なんなのよ、そのお願い。あ、もしかして本当にランプの精がいると勘違いして願ったとか？　ねえ、恵梨子、ありえそうじゃない？」

「それは……どうでしょう」

「ノリが悪いわね。もっと勢いで会話しなさいよ。ねえ、久家さん」

「芽吹さんは勢いつけすぎですけどね。そのまま壁にぶつかればいいのに」

「久家さん、あなたって本当に商売上手。その喧嘩、買おうかしら」

芽吹さんのローヒールが地面を突く。久家さんはぎょっと顔をしかめ、「暴力反対」と諸手を上げた。

「まだ振るってないでしょうが」

「まだってことは、これから振るうんだ。おっかないなぁ」

久家さんが大げさに身体をよじるのに合わせて、私の背後で音がした。

鈍色の扉の向こうから現れたのは、腰の曲がったご老人。アップルシナモンの香りを纏い、悠々と部屋に入ってくる。

「待った？」

片手をひょいと挙げてふくふく笑う彼こそ、川崎地下連盟盟主の守屋さんだ。

「すんごい待ったんですけど、どういうつもりなの？」

「まあまあ、そう怒らないで、芽吹ちゃん。老人が早くこなせるのは目を覚ますことと天寿をまっとうすることだからね。大目に見てね」

盟主はゆっくりとした所作で椅子に座り、また一笑する。

あまりのマイペースさに、私もさすがに苦言を呈した。

「守屋盟主。水煙草を吸うのはかまいませんが、今日みたいに時間に余裕がない日は遠慮していただけないでしょうか」

「あれ、今日は時間に余裕がないの？　計画の実行は、夜でしょう」

「それは、そうですが」

「それに、秀ちゃんから鍵が届かないことには、わしらは動けないんだから。のんびり構えましょうよ。のんびり」

盟主は光沢のある頬を弛ませ、私を含む三人をねめつけた。その優しげな表情の裏には、激動の戦後川崎を牽引したしたたかさが窺える。

私は静かに呼吸を整え、会議の再開を宣言した。

＊

「あたしは奥の部屋で待機してればいいってわけね」

「はい。芽吹さんには変電室の鍵が届くまで、扉の見張りをしていただきます」

「いる？　この役」

「芽吹ちゃん、これがまた必要なのよ。川崎市がこの計画に勘づいたのなら、必ず止めに来るはずだから。防災行政無線を乗っ取るまで、万が一に備えての見張りが不可欠ってわけ」

「まったく。どうして川崎市はここの存在を私たちに丸投げしているのよ」

「それはねぇ」

「待って、知ってる。何度も聞いたから」

芽吹さんの制止も叶わず、守屋盟主は頭の中のアルバムをぺらぺらと捲りはじめた。

「一九八〇年代、わしの腰がまだしゃんと伸びていた頃――」

「始まった。これだから老人って嫌」

「今のは芽吹さんが迂闊だよ」

言って、久家さんは脛を押さえて呻き声を上げた。長くなりそうだなと思った私は、すすり泣く久家さんの横を抜け、湯呑を人数分、棚から取り出した。

「川崎は、大きな変化を遂げたんだよねぇ――」

机の下で振るわれた暴力など意にも介さず、盟主は川崎駅東口の歴史を滔々と語りはじめた。この話を聞くのは、もう十度目になる。

私は話を聞くでもなく、お茶の用意をしながら、頭の中で諳んじた。

昭和五十五年、西暦で言えば一九八〇年。川崎駅東口にあった岡田屋デパートが岡田屋モアーズとして装いを新たにしたことを皮切りに、川崎はその表情を大きく変えはじめた。それ以前の川崎は、まだ雑多な風景が残る下町にすぎなかったのだ。

一九八一年には町の景観をよくするという名目のもと、電柱をすべて地下に埋める無電柱化計画がスタートし、川崎の空を区切る電線は徐々に消えていくことになる。

円高不況に喘ぐ日本経済の中にあって、大都市の仲間入りを虎視眈々と狙っていた川崎は、したたかに一発逆転の準備を進めていたということだ。

その五年後の一九八六年、バブル景気突入と同時に日本最大級の地下街、川崎アゼリアが開店。駅前のバスターミナルも合わせて整備される。

翌年の一九八七年には旧映画街がラ・チッタデッラになり、そのまた翌年にはショッピングセンタールフロンが建ち、川崎駅ビル自体が大改築されることになる。

こうして、現在と同じ川崎駅東口のシルエットができあがった。

「この一連の流れが、川崎駅東口再開発事業ね」

守屋盟主は目の前に置かれた煎茶をゆっくりと啜り、話を続ける。

なぜここまで急激な変化が起こったか。原因は多摩川を挟んだ隣人、東京にある。

東京には常に人が流入してきていた。不景気の際は仕事を求めに、好景気の際はよりよい仕事を求めに、日本各地から労働者が集った。そういう意味では、一九八〇年代、それまで低調に推移していた首都圏への人口流入が再加熱したのも、自然の道理だったのかもしれない。いや、この場合は経済の道理か。

原因はもちろん、円高不況とバブル景気である。仕事を求めに集った労働者を抱え込んだままバブル期に突入した東京経済は、ここで一気に開花した。

俗に言う、東京一極集中である。

東京を中心にした首都圏への人口流入は一九八七年にピークを迎え、その年の純流入数は二十万人に迫った。二十万人と言えば、海外旅行の定番、グアムの総人口十七万人よりも多い数字である。

「あたしはグアムよりもハワイがいいなぁ」

早くも飽きてしまった芽吹さんに、私は淹れたての煎茶を差し出した。「サンキュー」と流暢な英語で返す彼女の手元には携帯電話が握られていて、発信履歴には「弟」がズラリと並んでいる。

弟さんと仲いいんですか？

と、私は訊ねようとしたのだが、盟主の野太い咳ばらいにすぐに阻まれる。

「そうして気が付けば、東京は人を住まわせる余力がなくなっちゃったわけ。それで慌てて、首都圏の各都市に助けを求めたのよ」

助けと言っても、隣接する各都市にとっては住民を増やし、税収を増やすための好機でもあった。当然の如く、川崎も他都市に負けないように広域拠点都市化を急いだ。

ここで問題となってくるのが、「負けないように」である。すでに発展の兆しを見せていた隣人横浜に追いつけ追い越せ叩き潰せと、前述の川崎駅東口再開発事業は怒涛の勢いで進められた。

その時、ひとつの問題が生じた。

電力の流通が麻痺しかけたのである。

なにも発電量が足りなかった、という訳ではない。問題の根っこにあったのは、地中に埋められた電線だった。大急ぎで埋められた電線はあっちで絡まり、こっちで途切れ、発電所から送電される高圧電気を受電する体制が整っていなかったことが、開発の途中に於いて、ようやく発覚した。

電力流通の麻痺は現代社会における極めて重篤な事態。これがほかの都市に知れたら、川崎は大都市化レースから降りるはめになってしまう。

ここで川崎市は大勝負に出た。

ほかの都市にばれぬよう、アゼリア地下街の開発を隠れ蓑に、多くの金と人をつぎ込み、麻痺しかけていた電力供給のまとめ役、地下変電設備を建造したのだ。

もちろんこの時、電気事業法に定められている各種手続きがスキップされたことは言うまでもない。正式に申請すれば三週間ほどかかってしまう時間のロスは、この時、決して許されなかった。

「大変だったのよぉ、ホントに」

「その変電室が、この奥にあるんですね」

私は急須の茶殻をくずかごに入れながら、会議室からつながる休憩室のさらに奥を指さした。

「そのとおり。無論、ほかの都市は訝った。特に横浜なんか、たいそう訝った。そこでカモフラージュとして上に被せたのがアゼリアなのよ。人や機材が出入りしてもおかしくないようにってことね。川崎の地下鉄敷設計画がいつも途中段階で頓挫するのも――もちろん需要や地理的問題もあるけど――この巨大な地下変電室の影響があるとされているんだよねぇ」

ようやく語り終えた盟主は満足したのか、鼻の穴を少しだけ膨らませほくほくと微笑んでいる。彼の横では芽吹さんが携帯電話を弄び、渋い表情を浮かべていた。

「今ので耳のタコが増えたわ。ねえ、これって労災おりる?」

「ははっ、おりないでしょうね」

久家さんの椅子が再び鈍い音を立てる。芽吹さんは鼻をひとつならし、盟主のほうへ向き直った。

「それで、なんで変電室に防災無線を乗っ取れる発信機が置いてあるのよ。あたし、初耳なんですけど」

「当時はこういう秘密兵器、結構あったのよ。東京の杉並でも、八十五年に防災無線のジャック事件が起きたくらいだから。今は放送形式とか結構変わっちゃって乗っ取りも難しいんだけど、そこは久家くんの見事な改造でなんとかなったね」

「まあ、なんとか形にはしましたけど、総務省の電波監視システムは欺けないので、長時間の乗っ取りはできませんよ」

座り直した久家さんが肩を竦めながら言う。しかし、その声色は得意気だ。

私は謙遜の表情を崩さない久家さんにしっかりと眼を据え、「けれど、少しならできるんですよね」と念を押す。「はい」と短く答え、久家さんは頷いた。

「では、盟主と久家さんには防災無線ジャック用の発信機と地上音響設備の配線調整を行っていただきます。私はその間、地上の警戒にあたっていますので、なにかあればすぐに報告してください。ここまで長いこと準備をしてきました。失敗のないよう、最善を尽くしましょう」

「恵梨子、あんたって結構熱いとこあるわよね」

芽吹さんの言葉に、私は「どうでしょう」と笑いそうになる。

「話、続けますね。配線が済み次第、盟主と久家さんには発信機の起動を行っていただきます。これは、遠隔で起動できるようになっているんですよね？」

「はい。手動でもいけますし、遠隔でも行けますよ」

眼鏡を上げながら「万事調整済みです」と久家さんはまたも得意気な声を出した。

「ありがとうございます。それでは久家さんには私からの連絡を待って遠隔で装置を起動、そのまま坂本九メドレーを流していただきます。そのあとは三番出口の見張りに移ってください」

「承知しました」

「芽吹さん。ターゲットは、今の場所から確実に動かないんですよね」

「そのはずよ。そもそも自力じゃ動けないし。というか、ねえ、防災無線ってやつを乗っ取れば、本当にここからあそこまで音が届くの？」

「届く。わしが保障する」

「なら、いいけど」

「各所への連絡は裕子に任せます。この時はすでに計画がスタートしていますので、異変を嗅ぎ付けた市役所員や川崎署の警察官が押し寄せてくると想定されます。また、地下連盟の構成員もほとんどが音楽隊として外に出ています。最悪の場合、三番出口の防衛は、久家さん、守屋盟主、お二方のみとなります」

「久家くん。わしは見てのとおり老体。君の責任は重大だよ」

「わ、わかりました」

「ちょっと、盟主も頑張りなさいよ」

「もちろん、わしも気持ちだけは十代だよ」

盟主の洒落を聞いて、芽吹さんはぼってりとしたため息をついた。かと思えば、

「あっ」と口を丸く開け、私の顔を急に指さす。

「そういえば恵梨子、あんたは演奏しないの」

「まさか、吹きませんよ」

「高校の時、吹奏楽部だったんでしょ？　裕子ちゃんに聞いたわよ。あんた、甲子園に舞い降りた女神って呼ばれてたらしいじゃない」

意地悪な表情でこちらを見遣る芽吹さんに一言申そうとした時、扉の向こうからガタガタと音がした。部屋の弛緩した空気がぴんっと張り詰め、芽吹さんの眉間にキュ

ッと皺が寄る。

「ゴミの回収でーす」

現れたのは、回収カートを押す裕子だった。汗ばんだ額に髪が幾本か貼り付き、息は少々上がっている。

力強く握り締められたカートの上にはイベント用の紅白布がかけられていた。

「裕子、今日は会議が終わるまで立ち入り禁止だって連絡したはずだけど」

「すみません。ゴミ回収したら、すぐに消えますので」

勢いよく敬礼した裕子は、そそくさと奥の部屋へカートを押していった。

「裕子ちゃんらしいのぉ。なあ、久家くん」

「ですねぇ」

張り詰めた空気が男性陣の吐息で弛む中、芽吹さんだけがぶすっとした声を上げた。

「ねえ、見た。あの子、見せびらかしてくれちゃって」

「芽吹さんにはない愛嬌を、ですか？」

久家さんが懲りずに訊ねる。

「結婚指輪よ。あの子、二十四で若いけど、もう結婚して一年半近く経つでしょ？　なのに、いまだに指輪をながめてうっとりしてるの。腹立たしいわ。名前プレートも誇らしげに胸につけちゃって」

「名前プレートはいいじゃないですか。僻みっていうんですよ、そういうの」

「よくないわよ。夫の苗字を見せびらかしてるのよ。当てつけよ、当てつけ」

芽吹さんは厚く紅の塗られた唇を尖らせた。

「あたしね、あの子に訊いたことあるの。今どき夫の苗字じゃなくてもよくない？って。そしたら、それも考えたんですけどぉ、私の苗字結構とげとげしかったのでぇ夫のにしたんですぅって答えたのよ。はんっ、のろけちゃって」

「それ、のろけなのかな」

「のろけでしょ。というか、久家さんは結婚とかしないの？　もういい歳でしょ」

ころころと話題を転がす芽吹さんと同い年であるという久家さんは、少しむっとした表情をしたのち、伏し目がちに答えた。

「うちはママの審査が厳しくて……」

「うわ、久家さんって、もしかしてマザコン？　流行らないですよ、マザコンは。うちの病院にもいい歳したマザコン息子がよく来るんですけど、看護師の評判よくないですよ。主にあたしからのですけど」

「いいじゃないの、まざーこんぷれっくす。家族想いで。芽吹ちゃんも家族は大事でしょう？」

「ふんっ、大事なもんですか」

　芽吹さんが、「だいたい、あんな偏執的かつ独善的な男は、私が見張ってないといずれ――」と悪態を吐きはじめたところで、裕子が戻ってきた。

「ゴミ、ありませんでした！」

「あんた、本当になにしに来たのよ。それに、さっき被せていた布は」

「あれは余り物なので、奥の部屋に置いておきました。守屋さん、いいですよね？」

　盟主の守屋さんは「かまわんよ」と両腕で丸を作る。

　まるで孫娘を見るような目だ。

「あ、そうだ、近寺さん」

「なに？」

「アゼリアに迷い込んだ犬、偶然近くにいたおまわりさんに捕獲頼んだので、もう問題ないですよ」

「犬？」

　まるで思い当たる節がなく、私は思わず口元に手を当てた。

「あれ、報告来てないのか。藪蛇だったなぁ」

「ねえ、裕子ちゃん。誰が捕まえるでもいいけど、早いとこ頼むわね。あたし、犬嫌いなのよ。毛が付くし、服によだれ付けてきたりするし」

「でも、あの子は可愛いですよ。ちゃっきちゃきの柴犬って感じで」

裕子はおもしろくなさそうな表情をすると、「それでは、失礼しました」とカートを押して出ていってしまった。

「ねえ、あの子が言う、ちゃっきちゃきのってなんなの」

「昔、高校で流行っていたそうですよ」

「なにそれ。いつまでも学生気分でいるんじゃないわよ、まったく」

「さすがの芽吹さんでも、学生気分はもう揮発しちゃいましたか」

久家さんはついに足元からの衝撃に耐えられず椅子から転げ落ちた。

どうしてそんな不器用な交流しかできないのか、久家さんを見ているとむしゃくしゃすることがある。

「ともかく、今日は多摩川の花火大会もあります。計画の遂行を邪魔するものはいくらでも想定できます。気を抜かずにいきましょう。——盟主、締めの挨拶をお願いできますか」

「任された」

盟主はのっそりと席から立ち、うぇほんっとわざとらしく咳ばらいをした。

「我々は幾度となく、彼の世話になってきた。この町ですら、彼の尽力がなければここまで発展しなかったでしょう。周囲に馴染めず荒んでいたところを救われた者もいる。就職活動がうまく行かなかったところに手を差し伸べられた者も、誰かを待つのに疲れた時に居場所を与えてもらった者もいる」

部屋につっと静寂が訪れた。各々の呼吸音だけが部屋に響く。

盟主はすっと息を吸い、渋柿のような喉仏を震わせた。

「今こそ、彼の恩義に報いる時。ジンと彼の妻に、最高の音楽を届けてやろう」

不敵な笑みの盟主を見て、私は静かに、ポケットの中の手紙に手を添える。

「音楽のまち川崎計画の決行を、ここに宣言する！」

今は亡きジンの後悔を吹き払う計画が、動きはじめた。

多摩川第三帝国

「ルーカス、なんでおまえだけ唐揚げトッピングしてんだよ」

「お肉が好きだからさ。それに、自分のお金で足したんだからいいじゃないか」

ラ・チッタデッラの敷地内、噴水広場近くのS字ベンチで俺たちは昼食を摂っていた。ルーカスは少し離れたところに腰かけ、手帳になにか書きこんでいる。

時刻は午後一時。日光に充分温められた秋風が、我が物顔で吹き流れていた。

「前から気になってたんだがよ、おまえなにで金稼いでるんだ？」

「体験や経験を文章に換えて、それをさらにお金に換えてるね」

「おまえが？」

「僕が、だよ。そういうの先入観っていうんだよ」

「でもよぉ、文章を書く仕事ってそんなに金にならないんじゃないのか？」

「鋭いね。実は、蒲田のバーでも働いてるよ。ウェイトレスとしてね」

ウィンクを飛ばしてくるルーカスに、俺は「夜いないことがあるのはそういうことだったのか」と返して、上着のポケットから手紙を取り出した。

どいつもこいつも、社会性の欠片を見せびらかしてきやがる。俺の手には、もうこれしか残っていないというのに。

この手紙が届いたのは、ちょうど一年半前のことだ。皇帝が亡くなってから少し経ったある日、プレハブ小屋の扉下に挿し込まれていた。

差出人は、皇帝の息子を名乗る人物だった。まさか継承権が云々で争うつもりか、なんて一瞬思ったが、そんなことはもちろんなく、封筒の別添には「この手紙は遺書だが、遺言状ではない」という支離滅裂なことが書かれていた。

どっちも同じだろう、と思いながらも、とにかく中身に目を通した。詐欺かもしれない、と警戒もした。ホームレスを詐欺にかける奇特なやつがいるのかは知らないが、一応、形だけ。

けれど、手紙を読んだ時、これはそんなちんけな悪ふざけの類ではなく、紛れもなく皇帝からの最後の言葉であると理解できた。あの頑固おやじが最後に零した、後悔の言葉がそこには綴られていたのだ。

馬鹿なこと言ってやがると思った。あんなに豪胆で、やかましくて、お節介焼きで、面子を気にする男がなにを腑抜けたことを言ってやがるんだと。

しかし、そんな馬鹿な手紙を締め括る一文に、俺はあの日、たしかに涙した。

「じゃあ、僕は食後の散歩をしてくるよ。計画の前には戻るから」

「おう。代わりにあとでしっかり働けよ」

唇を噛む俺を尻目に、ルーカスはウィンクをひとつ零し、跳ねるようにどこかへ駆けて行った。

「あ、あの野郎。ラジカセ探しから逃げやがったな」

気付いた時には、ルーカスの姿は遠く彼方である。

「結局、どうするんですか」

やつの残した弁当ガラをまとめながら、木宮が口を尖らせた。

その小綺麗な格好を見て、俺は危うく舌打ちをしそうになった。本当は祝ってやらなければいけないはずなのに、どうにもそれをすることができない。先輩風が追い風となり、俺の意固地を加速させる。

「わかってるよ。おら、俺たちも腹ごなしがてらラジカセ探しに行くぞ」

カードカウンターの番台あたりなら知ってるかもしれないと思い、アゼリアまで戻るが、そこに番台の姿はなく、俺と木宮の肩はがくりと落ちた。

「いませんね、伴内さん」

「次だ、次いくぞ」

「当てはあるんですか？」

「そんな贅沢なもの、河川敷住まいが持ってるわけないだろう」

アゼリア内の商店をつぶさに観察しながら歩くが、店頭にラジカセを置いているようなモダンな店は存在しなかった。

これは万事休すか、と考えていると、奇跡が起きた。電子機器修理店の前に「ご自由にお持ち帰りください」と札がかけられたラジカセが置いてあるではないか。

「こんなこともあるんですねぇ」

木宮は言いながら、阿呆みたいに口を拡げた。たぶん、俺も同じ顔をしていた。

棚ぼたで入手したラジカセを肩に乗せ、秀爺の店へと向かう。カウンター内で呆けた顔をしている店主に「秀爺、元気か」と意気揚々声をかけると、彼の目にようやく生気が戻った。

「ああ、尾長さん――あれ、それは」

秀爺は眼鏡を少しずらし、紅白のツートンカラーのラジカセに視線を向ける。

「ラジカセだ。運よく手に入ってな。受け取ってくれ」

「ありがとうございます。あの、これ、本当にいただいても？」

「当たり前だろ。秀爺にはいつも世話になってるからな。感謝の気持ちだ」

口元をわずかに揺らした秀爺は、「それじゃあ、私からはこれを」と、カウンターの下からきらりと光る依頼物を取り出した。

「お、届いたのか。まだ一時半だってのに」

「替えはありませんから、大切に扱ってください」

俺は「おう」と差し出された鍵を、ギュッと握り締めた。

あわせて、秀爺も俯きがちに呟いた。

「本当に、申し訳ない」

「おい、どういう意味だよ」

それから少し問い詰めたが、結局、その言葉の意味はわからずじまいだった。

＊

河川敷に戻ると、午後の陽射しで温められた川風がびゅうと一陣吹いた。ばたばたとなびく上着を押さえつけ、倉庫の前に立つ。秀爺からもらった鍵を錠前に挿し込み右にひねると、かこんっと錠の外れる音がした。

倉庫を開けると、埃っぽい、淀んだ臭いが鼻を突いた。中は以前に機材を運び込んだままになっており、俺はほっと胸を撫でおろす。

「ルーカスさん、本当に打ち上げ前にしか来ないつもりですかね」

「あいつを侮っていた。ここまでの自由人だったとは」

乾燥剤に覆われたリアカーを引っ張り出し、その奥にある背丈二メートルほどのステンレス製の筒をふたりで運び出す。二の腕にずしりとかかる重さが、そのまま今日行うことの重大さのように思えてきて、どうにも敵わない。

「秀さん、よくこんなものまで用意できましたね」

「罪滅ぼしだって言ってたな。なんのことかはわからんが」

「皇帝と秀さんの間になにがあったんでしょう」

「皇帝は秀爺をいいやつだって言ってたけどな。ま、邪推はやめておこうぜ」

乾燥剤を除けるとリアカーに乗せられた打上花火の玉、十数発が露出した。多くの機材は秀爺に用意してもらったものだが、この花火だけは河川敷に住むやつらだけで買いそろえた。毎日欠かさず空き缶貯金をした賜物だ。

しかし、この中で「黄」の刻印があるものだけは、木宮がひとりで身銭を切って用意したものだ。なんでも、黄色い花火を見せたい人がいるらしい。とんだロマンチストである。

「皇帝代理は、あのふたりの関係をどこまで知ってるんですか？」

木宮が黄印の花火を点検しながら呟いた。

「皇帝からは断片的にしか聞かされてない。それも酒の席で聞いたから、ほとんど覚えてない」

そうですか、と言いたげな表情の木宮を見て、俺はばつの悪さを覚えた。そこまで落胆しなくてもいいだろう、と舌を鳴らしそうになった。

「川崎駅東口再開発事業って知ってるか？」

普段吹かせている先輩風の吹き返しをもろに受けながら、俺は断片的な記憶をできる限り掻き集め、言葉に換えてみる。もう俺のほうを見てすらいなかった木宮の意識が、「なんですか、それ？」とこちらに戻ってくるのがわかった。

「一九八〇年代に、川崎駅前が大きく変わった事業のことだよ。あのアゼリアも、俺たちが今日の打上場に選んだラ・チッタデッラも、その再開発事業の流れに乗ってできたんだとさ」

木宮は「はあ」と気のない相槌を打った。

「ほんで、それにあわせて行われたのが川崎無電柱化計画だ。その名のとおり、川崎から電柱をなくす計画だそうだが、皇帝と秀爺は当時、間接的にそれに関わっていたらしい。なんでも、埋めた電線のまとめ先、変電室だかなんだかをふたりで保守管理してたとかなんとか」

「そういえば、皇帝も秀爺ももともと電気工事士でしたっけ」

花火の点検を終えた木宮は、乾燥剤をリアカーに戻しはじめた。

打上筒の点検を終えた俺も、身体をぐいと伸ばす。

「ここから先はまるっきり与太話になるんだが、どうもその変電設備がある施設は行政上存在を隠されているらしい。それで、川崎地下連盟はその施設を管理するために存在しているんだとさ」

「地下連盟って、ただの商店振興組合じゃないんですか？」

「まあ、近寺もそう言ってたし、真実はそんなところだろうな。言っても酔いどれ老人の与太話だ。──でも、それにしては、あの日の話には、節々に妙なリアリティがあったんだよな」

「リアリティ、ですか」

「なんでもな、変電室の鍵は、川崎市役所、川崎地下連盟、保守管理の担当者が持つ三本だけしかなくて、地下連盟の鍵は二〇一五年のアゼリアの全面改装時、立ち退きを求められた商店主が激怒して多摩川に投げ捨てちまったって言うんだよ。あれはひどい事件だった、って身振り手振り唾まじりで語ってよ。顔も大まじめだった」

「たしかに、大雑把な性格の皇帝にしては、やけに詳細なつくり話ですね」

せーの、のかけ声で打上筒を持ち上げ、カニ歩きで倉庫の中へと入る。今度は運び出しやすいように、入口付近に置くことにした。

「よし、これであとは夜を待つだけだな」

「皇帝代理、これ、なんでしょう」

木宮が指さす先、倉庫の最奥には、へんてこなものが立てかけられていた。

「簀子《すのこ》でしょうか」

「こんなでかい簀子、どこで使うんだよ」

しかし、それは木宮の言うように巨大な簀子のような態《なり》をしていた。ずいぶん昔に作られたものなのだろう、木材部分は腐食が進んでいるところもあり、底部に取り付けられた橙色のポリタンクも色あせている。

埃が積もっていないところを見ると今でも手入れはされているようだ。

「秀爺の私物だろ、放っておこうぜ。それよりもはやく出ろ、鍵かけるから」

痩せぎすな身体を揺らして出てくる木宮を待って、倉庫に鍵をかけた。かこんっと小気味のいい音が鳴り、ふぅと息が零れる。

「さぁて、夕方まで休憩だ。ルーカスもそのうち戻ってくるだろ」

鍵をジーンズのポケットにしっかりとしまい、多摩川にあくびを浮かべていると、木宮が神妙な声色で「皇帝代理、あの」と俺を呼び止めた。

「今度はなんだ?」

ゆるく握られた彼の手を見て、なんだか嫌な予感がした。ずうっと俺のあとを追ってきたこいつの考えなんて、おおよそ見当もつく。

「皇帝代理に、話しておきたいことがあるんです」

「長くなるだろ、その話。また今度にしてくれ」

俺は木宮の返事も聞かず、自分のプレハブ小屋へ戻った。扉を閉める際にちらりと見えたあいつの姿は、河川敷に住んでいるとは到底思えないほど小綺麗なもので、だから俺は、今度こそ舌を打ち鳴らしたのだ。

閑話　その二　瞳と靖枝、写真を見る

時計の針は、午後二時を指していました。午後のバイタルチェックはほとんど終えたものの、入院患者さんの受け入れ対応などもあり、事務作業はまったくと言っていいほど進んでいません。これでは残業は免れません。

やはり花火は見られないな。そう思うと私はむやみに哀しい気持ちになり、けれど同時に、安堵もしました。

「瞳さん、なんだかとっても複雑な顔をしているわね」

「今日の花火を見られるのかなと思うと、どうしても」

眺めていた朱色のアルバムを膝に置いた靖枝さんは「それはよくないわ」と、綺麗な眉の間に皺を寄せました。

「後悔は身体に毒よ。入院している私が言うんだから間違いないわ」

「決心さえついてしまえばいいんですけど――あ、この写真」

私は検温結果を記入しながら、アルバムの中の一枚、薔薇の花束を抱いた靖枝さんと目を腫らした男性が写る写真を指さしました。

「これは、いにさんの泣き顔写真ね」

「いにさん、とは？」

「私の夫よ」

「変わったお名前ですね」

「まさか、本名じゃないわ。あの人、顔も怖いし、名前の字面も強面《こわもて》だからね、やわらかい呼び名をつけたの。ずいぶんと字が大きい人でねぇ。それで、いにさんって呼ぶようにしたの」

なんだか要領の得ない理屈に私は首を傾げざるを得ませんでしたが、それよりも写真の裏に隠れたエピソードが知りたくて、話の続きを促したのです。

「これは、いつ撮ったものなのですか？」

「忘れもしないわ。一九八六年十月一日、結婚二十周年の夜のことよ。あの人、それまで一度だって約束の時間に遅れたことなかったのに、初めて遅刻してきたの」

私は心から驚いて「真面目な方なんですね」と頓狂な声を上げました。

「真面目というより、そうね、時とか場所とか、体裁をすごく気にする人だったわ。あの日遅れたのは、急な仕事のせいだったみたいだけど」

その話を聞いて、無意識に首を上下させていました。どの時代の男性も、やっぱり体裁を気にするんだなぁ、としみじみ思います。

「目を泣き腫らしてレストランに入ってくるものだから私も驚いちゃって、どうしたの、怪我でもしたの、って何度も訊ねたわ」

「それで、いにさんは結局、なんで泣いていたんですか？」

「さあ、体裁を気にする人だから、最後まで教えてくれなかったわ」

靖枝さんは言って、少女のようにあどけなく笑いました。「でも、あの日もらった真っ赤な薔薇が嬉しかったことには変わりない」と語る横顔からは、いにさんに対する愛情がひしひしと感じられます。

「瞳さんは好きな花とかあるのかしら？」

「私は、マリーゴールドが好きですね。特に黄色いのが好きで部屋にも飾ってます」

「明るいあなたによく似合ってる。とっても素敵ね」

口角をゆるりと持ち上げる靖枝さんを見て、私の心はほくほくと熱を帯びます。もしかしたら今日、前に進めるかもしれない。そんなことを考えていると、ページの端に奇妙な写真を見つけました。

「こちらの写真は？」

私が白黒の写真を指さすと、靖枝さんは「ああ、懐かしいわねぇ」と目を細め、ふっと楽しげな息を漏らしました。

「『ローマの休日』の真似っこをした時の写真ね。これは……九十年の夏頃だったかしら」

「『ローマの休日』、ですか」

「そう。最後のほうに河の上でパーティーをするシーンがあるでしょう？　それがどうしてもやりたくて、多摩川に大きな筏《いかだ》を浮かべて真似っこしたのよ。わざとモノクロに映るカメラで撮ったりして」

「へえ、手が込んでますね」

「そのカメラも、この筏も、いにさんの同僚だった人が用意してくれたのよ。罪滅ぼしだとかなんとか言っていたけど、結局あの意味はわからずじまいだったわ」

「とても優しい人だったんですね」

「ええ。私は人に恵まれたわ」

　靖枝さんは目尻を柔らかく下げて、アルバムの写真をひと撫でします。その姿がどうにも温かで、儚くて、私はその場から動けなくなりました。

　窓の外に広がる空は、まだ昼の面影を残したまま、夕闇の端っこを地平線から覗かせているばかり。私はベッドの脇で、今夜上がる花火のことに思いを馳せます。

「ほら、ここで油を売ってると、本当に花火見られなくなっちゃうわよ」

「それは、よくないですね」

靖枝さんの言葉で我に返り、私はナースステーションへ戻りました。

時刻は午後二時四十分。看護記録をつける同僚たちの忙しげな音が私の労働意欲にも火をつけます。今から獅子奮迅の活躍で業務をこなせば、残業で行けなかったという逃げ道も潰せるかもしれません。

せめて自分の意志で、花火を見るか見ないか決めるべし。

勢い込んでタブレット端末を起動するや否や、「瞳、ちょっといい」と看護師長に肩を叩かれました。

「看護師長、お言葉ですが、私は今、とても燃えているのです。出鼻をくじかないでください」

「あとで鼻に包帯巻いたげるから安心なさい。それより、はい、これ」

「なんですか、この手紙」

「お昼過ぎに金刺さんのご家族が届けに来たのよ。すぐに仕事に戻らないといけないから、代わりに鏑木看護師に渡しといてくれって頼まれたんだけど、金刺さんの担当を引き継いだのが瞳だって、なんで知ってたのかしら」

裏面に青のインクで署名されたその手紙は、大事に強く握られていたのでしょう、皺が寄っていて、温もりも、まだ少しだけ残っているように感じられました。

「張り切りすぎて燃やさないように気を付けなさいよ。カートセットの不足分、私が補充しとくから。あんたはその手紙届けてきてちょうだい」

私は「はぁい」と返事をしながら、この手紙はきっと、臆病な私に花火大会に行く勇気を授けてくれるものだと直感しました。

だからこそ、カートセットの補充に向かう看護師長を呼び止めて、ちょっぴりエゴイスティックなお願いをしたのです。


さて、再び閑話休題。

話は、午後三時に進みます。

第三章　回顧の午後三時

六郷土手の紳士

ああ、午後三時ね。その時間は町を歩いていたよ。ぶらりぶらりとね。優雅なもんだろう。浴衣姿の老若男女に紛れて、祭りの空気を味わってたんだ。

ん？　街の様子？　そうだなぁ。あの時はいつもと変わらない光景だと思ってたんだけど、今こうして思い返してみればちょいと奇妙だったかな。なにがって、そう言われると言語化が難しいな。なんて言うのかな。うん、そうだ、ギクシャクしてたね。町がギクシャクしてた。

ほら、あの日は多摩川の花火大会とアゼリアの開業祭があったでしょう。だから町が浮ついているのはおかしくはないんだけど、その浮つき方が妙だったんだ。私もちょうど地下街にいてね、婦人の下着を見ていたのだけれども、スタッフが妙にそわそわしててね。接客中も上の空——え？　なんで私が下着を見てたかって？　それは知的好奇心といいますか、痴的好奇心といいますか。まあ、いいじゃないの。

そうだ。あの時ですよ、私が警察に通報したの。ほら、ライフルを担いだ男が云々ってやつ。あれ、私。私が通報したんですよ。

え、あいつは別件だからいい？

参ったな。う－ん、じゃあ、そうだな。今度は地上の話をしようか。

地上は地下のアゼリアよりも浮足立ってたよ。特にラ・チッタデッラなんか浮足立ってたね。ほとんど宙に浮いてたようなもんだよ。浴衣の色も心なしか地下より派手に見えたよ。たぶん気のせいだけど。

でもそうだ。あそこにはあいつらがいたんだ。全員じゃないけど、数人いたな。まあ悪い顔してたよ。ベンチも荷物で占拠してて、感じが悪いったらありゃしない。誰って。そりゃ多摩川第三帝国の阿呆どもに決まってるでしょう。あいつら、なにかを待ってる様子だったね。「おい、なにしてんだ」って声かけたら、まあ無視されたけど。

そうだ、あいつらも花火が云々言ってたなぁ。花火なんて、我々は特等席で見られるのに、なんであんなところでたむろしてたんだろう。浴衣の人たちもベンチが蛮族に占拠されてて、たいそう迷惑そうにしてたし。

ねえ、あいつらは事件に関わってないのかい？　いや、絶対関わってるよね、あんな怪しい奴ら。

なあ、おまえは知らなくていいってこたぁないでしょう。こっちは協力してるんだよ？　ちょっとくらい推理ごっこに付き合ってくれてもいいじゃないか。どうせこんな事件、ろくでもないやつが犯人なんだ。なんだよ。少しふざけただけだろう。そんなに怒ることないじゃないか。

神奈川県警刑事部捜査第一課

家族からの急な電話に時間と平常心を削られた僕は、川崎アゼリア内を彷徨っていた。正直、朝からふたりでしらみつぶしに歩き回ったから、聞き込みをする店なんて、もう残っていない。いや、最初からなかったと言ったほうが適切だ。

しかし、あれからいろいろ考えた結果、僕は今もアゼリアにいる。鍵を咥えた犬を捕まえることができれば、おそらく、僕はまだ正義の味方でいられるのだ。

課長がよく言う「捜査経済」の観点から言えば、僕らの行動はまさに非経済的で、とても褒められたものではない。もちろん、この〝僕ら〟には、課長も含まれる。なにせ、たった一本のタレコミ如きで今の状況を作り出した張本人である。

人の流れに目を奪われていると、赤いリードをぶら下げた薄茶色の影が、サッと僕の前を横切った。僕はとっさに影を追い、市役所ロードと呼ばれる通りを駆けた。通りを進んだ先、東広場に着くと、リードが床にぶつかる軽快な音がパタリと途切れる。

「へーい、タマ。ウェルカムバック」

僕が追っていた影、もとい茶色のもふもふは長身の男に抱きかかえられていた。じたばたと足掻き、歯を見せて唸る毛玉に男は「そんなに匂う？」と問いかけてから、紅白の一葉旗のイヤリングが揺れるのに合わせて、右手につまんだビーフジャーキーをぶらぶらと揺らしている。

赤いリードを付けた柴犬は、肉片に心奪われたのか、剥いていた牙をすっとおさめた。咥えていたはずの鍵も、すでにやつの手中である。

「これは人間用だから、食べちゃダメだよ。こういうの、豚に真珠っていうんだぜ」

おかしなことを口走っているヒッピーもどきの男を見て、今朝もそうだが、なんてタイミングで遭遇するのだろう、と僕は頭を抱えた。

周囲を見渡し、人の出が多いことを確認してから目の前の変人に声をかけた。

「あの、ちょっといいかな」

「ハロー……って、ああ、君か」

僕に気が付いた彼は、悩ましげに人差し指をくるくると回してから、指の一本も立ちそうにないほど、拳をぎゅっと握り締めた。「今朝はどうも」と笑みを浮かべる彼の真っ直ぐな視線に、僕も自然と拳を握り締める。

「その犬、こちらに引き渡していただけませんか？」

「どうして？」

「この人から捕獲するように依頼されているんです」

僕はすぐに警察手帳を取り出し、中央を飾る旭日章を指さした。

「ほら、ポリスって書いてあるでしょう」

「そうか、君は警察官だったね。ほら、タマ、お友達だ。公安の犬だよ」

男が言うと、柴犬はわんっと愛らしく吠えた。

「いくらなんでも言いすぎだけど。まあいいか。その犬、早く渡してもらえるかな」

「でも、僕もミス伴内と契約しちゃったからなぁ」

男は指先のビーフジャーキーをぷらぷらと揺らす。

「意地悪しないでほしいな」

「意地悪じゃないよ。タマは僕ら多摩川第三エンパイアのアイドルだ。そして僕は今、多摩川の住人。そう簡単に渡すなんて、まるでリアリティがない」

一心不乱にビーフジャーキーを求めている柴犬を抱えながら、男は「そうだろう?」とまた意地悪く笑った。

「わかった。なら、鍵だけ渡してくれないか。このままじゃ埒が明かない」

「それもまた無理な相談だ」

「どうして」

「だって、この鍵も本来は僕ら多摩川帝国民のものだから」

「いや、ちがうんだ。さっきわかったんだが、その鍵は、今この時は、カウンターの女性のものなんだ。君がそれを持っていないほうがいい」

「それは本当？」

「ああ、本当だ」

僕は彼の顔を見て、唇を噛んだ。これで彼が素直に鍵を渡してくれるかどうかは、怪しかった。けれど、彼はくつくつと笑いをかみ殺してから「なるほど。さすがは警察官」と鍵をこちらに投げ渡した。

「理解したよ。僕らは合鍵が手に入るから、最悪その鍵がなくても問題はない。逆に彼女がこれを持ってないと、いろいろと辻褄が合わなくなるってことだろう？　ここまで来たら、不完全なまま事が進んでしまうほうが怖いよね。警察官の君としては」

急に雄弁になった彼に、僕はきつく握った拳を見せつけた。この姿を見れば、警察官が一市民を脅しているように見えるだろう。それでも僕は躊躇しなかった。

雄弁は金にはなり得ないのだ。

「おう、これは失礼。それじゃあ、タマにはこのまま付き合ってもらうことにするから、ミス伴内によろしくね」

僕は手をひらひらさせ、「好きにしてくれ」と警察官らしからぬ言葉を漏らしてしまう。男はそんな僕の肩に手を置くと、鍵を差し出しながらこう言った。

「これはあれだね、おもてなしだね」

おすそわけだな、と思ったが、それを指摘するほど僕の口は軽くない。

＊

「ありがとうございます。さすがは正義の味方ですね」

「正義の味方、ですか」

どこかで聞いたような表現を使う女性に鍵を渡し、僕は自分の考えが間違っていなかったことを悟った。けれど、なぜ多摩川の倉庫の鍵を彼女が欲したのか、その事情だけは聞かなければいけないような気がして、返しかけた踵を戻した。

「あの」

僕が口を開くや否や、彼女の視線は僕の後方に注がれた。

そうして、「会議終わったんだ」と呟くと、彼女は席から跳ね上がった。

「すみません、おまわりさん。用事があるので、失礼します」

彼女は僕の脇を通り、通りを駆けていく。

なにがあったのだろう。振り返ると、こちらに向かって歩いてくるポニーテールの女性と目が合った。ずいぶん綺麗な人だなと不躾に眺めていると「なにか?」とハスキーな声で訊ねられた。

僕は「いえ、なにも」と一言だけ残して、そそくさとその場をあとにした。

サンライト広場から海島バスターミナルへ戻り、ベンチに腰をかける。迷い犬の件が済んだことを豊さんに連絡しようと思い、携帯電話のダイヤルをプッシュする。

しかし、警電にも、私用携帯にも、何度かけても繋がらない。

ご丁寧に繰り返される『おかけになった電話は電波の届かない場所にあるか、電源が入っていないためかかりません』のアナウンスに、僕は考えを巡らせていた。

捜査中に豊さんと連絡がつかなくなるなんてことは、今まで一度たりともなかった。

豊さんは家族とすぐに連絡が取れるよう、常に携帯電話に出られる状況を維持しているからだ。つまり、逆説的に言えば、現在豊さんは、家族と連絡を取る必要のない状況にあるということだ。

「正義の味方、か」

僕は電柱のない川崎の空を仰いだ。夕焼けの赤にはほど遠い、未熟な青が今も広がっていた。それは、僕が豊さんに初めて怒られた日と、奇しくも同じ色だった。

＊

前述したとおり、僕は幼い頃より正義の味方に憧れていた。故に、警察学校入校当時から、刑事課への配属を望んでやまなかった。単純な僕にとって、凶悪犯を逮捕する刑事警察こそが、正義の化身に思えていたのだ。

ただ、それを周囲の人間に直接言う自信は、あの頃の僕にはなく、けれど、どこか刑事課に行きたいような素振りだけして、十五ヶ月に及ぶ研修期間をそれなりの速度で駆け抜けた。

その後、地域課に配属された僕は、運が良いのか悪いのか、検挙実績を挙げ続けることになる。あれよあれよという間に当時の上司に推薦され、刑事講習を受けることになった僕の鼻息は当然のように荒くなった。その荒さは、当時いい感じだった女の子に「蒸気機関」と揶揄されるに足るものだった。

だからこそ、晴れて刑事一課に配属され、出世知らずの豊のもとで働きはじめた際は、荒みに荒んだ。僕の脳裏で輝きを放っていた正義の味方は、一時たりとも、窓際で缶コーヒーを啜るおっさんの姿はしていなかったからだ。

それから豊さんとコンビを組み、いくつかの事件を担当した。場数を踏むたび、豊さんへの嫌悪感も増していった。やれ、娘の体調が悪いだの、おふくろの看護がどうだのと、豊さんは定期的に早上がりを繰り返していた。

「あの人は家族第一なんですよ」

周囲の人間もそう笑っていた。

正義の味方がそんなちんけなエゴを通して休むなんて、ありえない。

家に帰った僕はひとり、六畳間の天井に愚痴を零していた。この愚痴自体が僕のエゴだと気が付くのは、少しあとのことだ。僕はとにかく青かったのだ。

そんな折、田舎の母から連絡が来た。

「お父ちゃん、浴室で血を吐いて、入院することになっちゃった」

吐血の原因は咽頭がんだった。僕は驚かなかった。煙草と酒ばかりを喉に与える人だったから、報いだとすら思った。今にして思えばひどい考えだが、当時の僕には、「親父が死ぬわけない」という根拠のない確信があったのだと思う。

だから、僕は手術の日も仕事に向かった。一山越え、報告書の作成を残すのみだったから休んでもよかったのだが、周囲に自分の仕事を認めさせ、早いところ刑事として一人前になりたいというエゴが胸の内で揺らめいていたからだ。

職場に着くと、豊さんが課長と談笑しているのが見えた。どこまでも呑気な人だ。僕は内心侮蔑の念を向けながら、報告書の作成に取りかかった。

だが、その作業の手はすぐに止まることになる。血相を変えた豊さんが僕のほうに歩み寄り、狭い室内にも拘らず、開口一番、「冬児ッ！」と声を張り上げたのだ。

「おまえ、今日は親父さんの手術だって言ってたよな」

「はい、そうですけど」

僕は目をわざと合わせないようにして、報告書の作成を続けた。

「それなのに、どうしておまえがここにいる」

「それは僕が刑事で、正義の味方だからです。早く報告書を片付けて、次の捜査に
――」

豊さんは、「違う」と僕の言葉を力強く否定した。

「正義の味方は、家族をないがしろになんて、絶対しない」

そのまま僕の両肩を掴むと、震える声で「絶対にしないんだ」と零した。

豊さんの弱々しい声を聞くのは、これが初めてだった。

「でも、休んだりなんかしたら、迷惑がかかります」

「そのために俺がいるんだ。一人で抱え込まないために相棒がいるんだよ」

悲痛な表情で僕を見つめる豊さんに、僕は返事をすることすらできなかった。

当時の課長にも促され、僕は父が世話になっている病院へと向かうことになった。

熟れた夕焼けにはほど遠い、未熟な青空が頭上に延びていた。

幸い、手術は無事成功したが、目を覚ました父の喉からは声が失われていた。喉から空気しか出ない父は、ベッドの上で呻き続けた。術後で体力もろくにないというのに、しきりになにかを欲していた。

得心した母がメモ用紙を手渡すと、父はすぐに「正義の味方が来てくれた」と書いて、僕に手渡した。僕が「うん、来たよ」と答えると、父は幸せそうに顔をほころばせ、唇を動かした。なにかを伝えようと懸命に動かしていた。けれど、唇の水分がぴちゃぴちゃと鳴るだけで、声は一音も聞こえない。唇が作る形から父の声を読み取ろうとしても、どうしても脳は再現できない。

あれ、父の声って、どんな声だったっけ。

僕はこの時、本当の意味で、父の声が聞こえないことを理解した。頭の中で補完した父の声が本当に父の声なのかすら、確信が持てなくなっていた。

理由は明確だった。なにせ僕はもう何年も実家に帰っていなかったのだ。実家に電話をかける時も、母しかいない時間を選んでいた。たぶん、そこに深い理由などなかった。いつの間にか父と二人で話すことを避けていたのは、幼い頃の自分と今の自分を比べられているような気がして、なんとなく気恥ずかしかっただけなのだ。

この日、僕は、僕の名前を初めて呼んでくれた声を、正義の味方になれると背中を押してくれたあの声を、世界の内と外から失くしてしまった。

それから二日ほど休み、僕は職場に復帰することになる。

蒸気機関と揶揄された鼻息も、この時は静かに酸素を取り込むばかりだった。

捜査の最中、ふだん多弁な豊さんはほとんど喋らなかった。いつもは隣に並んで歩くのに、その日だけは僕の二歩前を歩いた。

「豊さん、あの」

僕は声が聴きたくて、問いかけた。

「……親父さん、助かったのか」

「はい」

「そうか」

豊さんは聞き慣れたしゃがれ声を震わせて、こう続けた。

「俺なんかに怒鳴られるなよ」

背中越しに鼻を鳴らした豊さんは、それから「メシでも食うか」といつもみたいに面長の顔を揺らして笑った。

二人で入った中華料理屋で、僕は豊さんに「どうして警察官になったのか」と訊ねてみた。豊さんは麻婆豆腐を掻き混ぜながら、「おまえの言うそれとは少し違うんだけどな」と気恥ずかしそうにはにかんだ。

「俺も、正義の味方になりたかったんだ」

僕はもう一度、豊さんに電話をかけた。年の離れた兄のような、仲のいい従兄のような、もうひとりの父のような彼の声がどうしても今、聴きたかった。

けれど、相変わらず通信圏外を伝えるアナウンスが鼓膜を叩くだけで、コールバックの気配もない。

＊

しかたなくひとりでアゼリアに降りると、犬を抱えたあいつが、コインロッカーの辺りできょろきょろと辺りを窺っているのが見えた。

あの二人を探しているのだろうか。今の僕にはどうでもいい。

僕はふぅと息を吐いて、なんとなしに携帯電話の画面を見た。

液晶は午後四時を映していて、遠くからオルゴールの音色だけが聴こえていた。

川崎地下連盟

エレベーターを降りると、靴音の硬い波に身が攫われた。休日の午後三時半。アゼリアは人の気に満ちている。これから夜にかけてさらに人の出が増すというのだから、眩暈がする。今朝方、裕子の言った「一網打尽にしてやる」が、選択肢として有効なのではないかとすら思えてくる始末だ。

しかし、この人混みが今夜の要になってくるのも事実。ジンの後悔を供養するため、奥さんとの思い出の曲を町中に流す『音楽のまち川崎計画』。それを実行するには行政機関と公安組織の目を長い時間逸らす必要がある。なにせ防災無線を乗っ取るのだ。町中がすかすかではすぐに本丸にたどり着かれてしまう。カモフラージュの生演奏部隊も数が多いわけではない。

今夜の計画は私のエゴから生まれたものだ。ジンにお世話になった恩を返したいと、リスク度外視で周囲を巻き込み計画したものだ。

故に、失敗は許されない。

だというのに、この有様はなんだ。準備すべきものすら手に入っていない。そもそも、私は本当に恩返しだけを望んでいるのか？

鍵の病院の前に立った私は、肩を落としていた。午後三時には秀さんから変電室の鍵を受け取る予定だったのだが、肝心の秀さんの姿がない。

「困ったな……」

きっとお手洗いにでも行ったのだろう。そう信じ、のちほど訪ねることにした。サンライト広場に戻ると、カードカウンターの裕子と一瞬目が合った。合ったのだが、彼女は弾き出されるようにしてカウンターを飛び出ていった。何事だろうか。あとを追おうとすると、スーツ姿の男性が私の双眸をじっと見つめていることに気がついた。

「なにか？」

私はわざとぶっきらぼうに訊ねた。

「いえ、なにも」

男性はネクタイの結び目を軽く握り、バツの悪そうな表情で去っていく。その目鼻立ちには見覚えがあるのだが、どうにも判然としない。

なにかよからぬことが起きるのではないか、という胸中のざわつきを抑え、二番街通りを市役所ロード方面に歩くと、物陰で電話をしている裕子を発見した。

私は遠巻きに彼女の姿を眺め、通話が終わるのを待ってから「裕子」と、極力柔らかい声を投げかけた。

「近寺さん、お疲れさまです。会議終わったんですね」

「ああ、うん。ちょうどさっき終わったよ」

不自然な裕子の態度に多少困惑した。さっき目が合ったのは私の勘違いだろうか。いや、そんなはずはない。私は裕子の身体を舐めるように視線を泳がせる。

「な、なんですか？」

「裕子、私になにか隠してない？」

「やだなぁ。なにも隠してないですよ。あ、もしかして、この電話のことですか？これ父親ですよ、父親。祖父母の金婚式の打ち合わせをしてたんです。業務中にすみません」

「いや、謝らなくていいよ。金婚式、おめでたいじゃない」

「ありがとうございます。ちょうど今日なんですよ、ふたりの結婚記念日。だから最後の詰めってことで。すごい偶然ですよね、ホント」

裕子は口角を高く上げて笑ってから、「それより、会議はどうでした？芽吹さん、来てたんですよね？」と今度は身を乗り出して訊ねてくる。

「まあ、ぼちぼち。芽吹さんもちゃんと来てたよ」

「よかったぁ」

「あの人は口こそ悪いけど、サボるような人じゃないよ。今日はやる気に満ち満ちているしね」

「そうですか。申し訳ないことをしました」

俯きがちにごにょごにょと口を動かす裕子に私は疑問を覚えたが、今はそれどころじゃない。私は計画の進行を阻害しそうな存在について、心を静める意味で改めて確認した。

「そういえば、多摩川の花火大会、時間どおりに行われそう？」

「はい。天気もいいですし、午後七時から始まるはずです。なので、駅前の人混みがピークに達するのは、午後五時から七時前後くらいまでだと思われます」

「なら、大丈夫そうね。花火を見に来た人たちには悪いけれど、作戦のカモフラージュとして役立ってもらいましょう」

「人の壁ですね。私もここが地元なので、小さい頃から何度も花火大会見に行ってますけど、歩けたもんじゃないですよ。警察も市の職員も、ヤキモキするんじゃないですかね」

「そうね。申し訳ないけど、彼らには坂本九を聴きながら、花火でも眺めていてもらいましょう。あ……でも、駅前からじゃ見えないか」

「ですねぇ、花火は世田谷寄りに上がりますからねぇ」

「川崎が市になったことを記念する花火大会なのにね。そうだ。ところで、件の犬はどうなったの？」

「そちらは無事に捕まえて、ミッションコンプリートです！」

「それはよかった。ほかに、なにか変わったことは？」

「そうですねぇ。多摩川第三帝国の人たちが来ましたけど、あれはもう日常茶飯事ですし」

私は裕子の言葉に眉間を押さえる。

「裕子、あの連中の存在自体がどう見ても変わったことでしょ。感覚が麻痺してる」

「いい人たちですけどね。あ、そうだ。尾長さんが、近寺さんにちょいと大事な話が、なんて言ってましたよ。ついに仲直りですか？」

「なにかの方便でしょ。あいつにはそんな度胸も甲斐性もないよ」

連なる靴音に流されるように、私は踵を返した。

「近寺さん、どこに行くんですか」

「日が落ちるまでまだ時間があるから、ちょっとコーヒーでも飲んでくる」

私は煮え立つ感情を胸に抱え、喫茶店に歩いた。

大丈夫、私は元来冷たい女。こんな熱なんか、すぐに冷える。

私は自分に言い聞かせ、未だ冷房の効いた喫茶店へと逃げ込んだ。

＊

高校三年生の晩夏のことだ。私はトランペットの入ったケースを担いで、ラ・チッタデッラに来ていた。噴水広場の階段に腰かけて空を見上げると、西端を淡く紅潮させた空が私を覆い隠しているように思えた。

汗ばむ首筋をぬるい風が撫で、後方では子供たちの声が跳ねている。夏の匂いはまだ濃く、肺に入ると胸が焦がされた。

「お嬢ちゃん、川高のブラスバンド部だろう」

後ろから男の声が聞こえた。低く、重みのある声だ。私は振り向きざま、「はあ、そうですが」とできるだけ冷たい声を出してみる。けれど、壮年の男は意にも介さず「お疲れだったな」と無遠慮に隣にかけてきて、私は少々面食らった。

「なにが、ですか？」

「甲子園だよ、甲子園。あとちょっとで準決勝だったのに」

「ああ、甲子園」

「お嬢ちゃんの演奏も聴いたよ。何度もカメラにすっぱ抜かれて、緊張したろう」

「いえ、グラウンドに立っている選手に比べたら、私なんか、全然」

「そうかい。強い心を持ってるねぇ」

「いえ、全然」

私は、風に押し戻された自分の声を聞いた。

熱い夏を越え、わずかに弾力を失った声だ。

「それにしてもテレビ局のあの煽り、女神っちゅうのはいけすかなかったな。どちらかというと、闘志満々の戦神って感じだったよな。あんたの音色には、たしかに熱がこもってた。俺にはわかる」

大げさに首をひねり、うんうんと唸るその男に、私は「音楽に詳しいんですね」と皮肉まじりに返してみた。

「いや、全然わからん」

男は顔をかたかたと揺らして言った。白髪交じりの角刈りの下に横たわる逞しい眉毛が合わせて揺れる。着古されたポロシャツの下の日に焼けた肌には、年季を感じさせる皺がいくつも刻み込まれていて、その上を大粒の汗が這っている。

ああ、人はこの歳まで生きるのだ。

まだ十代だった私は、冷静にそんなことを考えた。

「でも、いい音には熱が宿るもんだ。お嬢ちゃん、坂本九って知ってるかい？」

「はい、少しなら」

「あの男の歌なんか、あっつあつも熱々だ」

男は「スキヤキソングって言うくらいだからな」と言って、再度声高に笑った。

その笑い声が私の腹の底を愉快に叩くものだから、私も思わず「ふっ」と吹き出してしまう。こんな風にして笑ったのは、この夏が始まってから初めてだった。緊張と安堵が繰り返され、絶望で閉じられた私たちの夏。

私はあの日の痛みを思いだし、押し黙った。

「どうした、嬢ちゃん。笑ったり黙ったり忙しい子だな」

「おじさん、いきなりですみませんけど、このトランペット買いませんか？」

それは私からしても思ってもみない提案で、揺れる腹の底からようやく滲み出た覚悟を含んでいた。だから、大きく見開かれた彼の目を見ても、私は口を噤むことなく、「お金が必要なんです」と正直に続けることができたのだ。

「お金って、欲しいもんでもあんのかい？」

「はい」

「……言える範囲で言ってみろ、力になってやれるかもしれねえから」

私はそこからつらつらと、軽薄に、いつも隣を歩いていたあいつについて、うちの野球部のエースだった男について、仔細に語った。せめて、話す許可でも取れれば気は楽だったかもしれないが、部活を引退してまだ日の浅いあいつは、燻る思いを全身に滲ませていて、その声を聞けば皮膚に刻まれた甲子園の熱気が、鼓膜にはりついたアルプススタンドの歓声が、私の身体をも燃やし尽くしてしまいそうで、会うことなんて到底できやしなかった。

「その離断性骨軟骨炎っちゅうのは、治らないもんなのか？」

「いえ、手術すれば治るって聞いてます」

俗に野球肘と呼ばれるスポーツ障害。甲子園の直前にそれを発症したあいつは、「マウンドに立てば痛みなんて消える」なんてうそぶいていたが、それが強がりだってことは応援席からでも見て取れた。

勝ち上がるたびに痛みに歪んでいくあいつの顔は、今でも脳裏にこびりついて離れない。

「治るんなら、また野球やればいいじゃねえかって言いたいところだが、まあ、怖いよな。俺だって同じ状況なら尻込みしちまう」

私は「そうですね」と曖昧に相槌を打つ。

「ただよ、野球を諦めるのはわかるが、だからってその代わりに起業して一発当てるってのはわかんねえな。なんでまた、そんな極端な生き方してるんだ」

「たぶん、プライドが許さないんだと思います。あいつ、絶対ビッグになって、多摩川沿いの高いマンションの最上階に住むんだって、何度も私に言ってきましたから」

私がぽつぽつ言うと、彼は「ああ、なるほどな」と苦い表情をした。

「でも嬢ちゃん。だからって起業の資金の足しにするために自分の魂売るこたぁねぇぞ。だいたい、嬢ちゃんが音楽辞めたって知ったら、そいつはきっと今度こそ立ち直れなくなる」

「そうなんですか？」

「ああ、そうだ。楽器を売ってまで助けたら喜ぶだろうって考えは、嬢ちゃんのエゴにすぎない」

男は大きく頷くと、膝を一度叩いてから、大きな所作で立ち上がった。

「嬢ちゃん、ついてきな。俺がいい仕事を紹介してやる」

「えっと、アダルトなやつですか？」

「馬鹿野郎、勘弁してくれ。そんな仕事を紹介したら、嫁に簀巻きにされて多摩川に沈められちまう」

「じゃあ、どんな」

私が問うと、男はにやりと口角を上げ、「この町の秘密を守る仕事だ」と言ってのけた。「時給は低い」とこっそりと付け加えたことも、覚えている。

「なんだか胡散臭いですね」

「なら、試してみるか。俺が嘘をついていないか。そして、嬢ちゃんが嘘をついていないか」

男は噴水広場の階段をのそのそと上り、映画館のチケットカウンター脇にある占いマシンの前へ私を先導した。

「これ、真実の口」

「お嬢ちゃん、来たことあるのかい？」

「はい、一度だけ。夏前に、ふたりで」

「そうかい」

男は百円を放り込み、私に右手を挿し込むように促した。

「嬢ちゃん、いいかい。嘘を吐いたら、手首から先を食いちぎられる」

「いや、これ、偽物ですし」

私は、数ヶ月前のあいつと同じ反応をしている自分に気が付き、ほくそ笑んでいた。

「つべこべ言わずに、ほれ。嬢ちゃんは、本当にその男を支えたいんだな」

私は無言のまま右手を真実の口に差し入れた。手を食んだ真実の口は低い声でなにか口走り、そのあとに甲高い電子音を奏でた。

なにやってんだろ、と引き抜こうとした私の手を押さえ、男は「まだだ。二十秒かかる」と口の端をニッと持ち上げた。

「長いですよ」

「いいじゃないか、未来がわかるなら二十秒くらい」

後ろからは、子どもたちの跳ねる音がしていた。熱の抜けきらない風が、私の首筋を再び撫で、シャツの襟元を揺らしていた。

「ほれ、出てきたぞ」

「ありがとうございます」

「いいって。それよりも、嬢ちゃん、名前は」

「近寺。近寺恵梨子です。あなたは？」

「俺はここいらじゃ、ジンって呼ばれてる」

ジンは言いながら、私に葉書大の紙を手渡した。厚く、皺の寄った手だった。

その紙には、なんて書いてあっただろうか。私の手が食いちぎられなかったことと、あとに手を突っ込んだ彼のジョー・ブラッドレーの真似があまりにひどくて笑ったことしか、覚えていない。

＊

喉元までせりあがってきていた煤けた感傷をぬるくなったカフェオレで呑み込み、

席を立つ。喫茶店を出ると人混みはさらに増していた。ジンが与えてくれた居場所は、いつも賑やかだ。

プライドだけが高い、汗の似合うあいつもここにいるのだろうか。

見回してみるが、あの夏の影は、どこにも窺えない。

多摩川第三帝国

倉庫に眠っていた巨大簀子。あれの正体を海馬から引っ張り上げることに成功した俺は、晴れやかな気持ちで木宮の住まう掘っ立て小屋へ駆け込んだ。

「木宮、思いだしたぞ！」

「思いだした」

壁と屋根の付け根がぎしりと音を立てる。あわせて、木宮も泡を食って手元の本を床に伏せた。

「なに読んでんの？」

「……川崎の観光ガイドです」

「おまえ、なんでそんなもん……」

開いたまま伏せられた本を拾い上げ、中を見る。ちょうどアゼリアの項が開かれていた。中央正面入口にある「アゼリア・宇宙カプセル」は、一日七回、決まった時間にオルゴールを奏でるらしい。こんなどうでもいい情報をこいつはなにに役立てようというのか。

よく見れば、木宮の部屋には川崎の観光ガイドがいくつも転がっていた。

「おい、なんだよ、これ」

「長くなるんで、いいです」

「なんだよ、それ」

木宮は伏せた目を一気に上げると、「皇帝代理こそ、なにしに来たんですか？」と、ふてくされた声で俺を弾いた。

「いや、あの、思いだしたんだよ、倉庫にあったやつ。あれは筏《いかだ》だ」

「筏？　筏って、あの無人島から脱出する時とかに使うやつですか？」

「そう、その筏だ。昔、多摩川に浮かべてその上でパーティーしたらしいぜ」

「へえ、なんだか、『ローマの休日』のワンシーンみたいですね」

「『ローマの休日』って、あの古い映画か」

「はい。見たことないんですか？」

「ねえよ。名前は聞いたことがあるけど、見たことはねえ」

「近寺さんは、あの映画好きらしいですけど」

「……なんだよ、仕返しのつもりかよ」

大師道を通る車の走行音だけが、やけにうるさく聞こえる。ふたりの間で行き来していた言葉のすべてが多摩川に呑まれたのかと思うほど、長い沈黙が続いた。

「やめだやめだ。花火を上げるってのに、こんな湿っぽくてどうする」

俺は頬を無理やり吊り上げ、小屋を出た。

河川敷に出ると、湿っぽい川風が襟元に流れ込み、夢から醒めたばかりで高い体温の身体を撫でる。周囲では、帝国民たちがまだ惰眠を貪っていた。

人情のねえやつらだ。毒づきたくもなったが、たぶん俺の人望が足りないだけなのだ。きっと皇帝なら、もっとうまくやれているはずだ。

こんな調子で今日はうまくいくのだろうか。皇帝の後悔を空で燃やす作戦は、滞りなく進むのだろうか。なにせ、ラ・チッタデッラのど真ん中で花火を上げるのだ。善良な市民に止められるかもしれないし、時間が経てば警察も来るだろう。

そもそも、皇帝の奥さんがいる場所からは本当に見えるのだろうか。木宮から大丈夫だと聞いているが、果たしてそれは本当だろうか。見えたとして、彼女は喜んでくれるのだろうか。

いや、そもそも俺は本当にそれだけを望んでいるのか？

これは俺のエゴが生んだ作戦だ。世話になった皇帝に、せめてひと花手向けたいと自分勝手に帝国民全員を巻き込んだのだ。それなのに、俺の頭の中には……。

いや、らしくない考えはやめよう。俺は本来熱い男。身体のどこかにあるはずの内燃機関は、まだ錆びついていないはず。

俺は自分に言い聞かせ、深く息をした。

＊

高校卒業後、都内の適当な大学に進学した俺は、大学生活をそれなりに楽しんでいたのだと思う。居酒屋でバイトをして、サークルの飲み会で羽目を外して、試験の前には頭のいい奴に学食の定食を奢りまくった。将来はでかくなるんだと、社会の歯車にはならないのだと虚勢を張り、小さなキャンパス内でふんぞり返った。

そんなことをしていたら白球の感触はいつの間にか薄れていった。

そうして、忘れかけていることに気付いた時、妙に怖くなった。日に日に指先から大切ななにかが剥がれていく感覚を紛らわすために、俺はさらに虚勢を張った。

でかい口ばかり叩いて、適当に見繕った夢だけを無造作に広げて、一人じゃ不安だからと後輩を巻き込んで、俺はそうすることが当然のように起業した。もちろん、まんまと失敗した。無根拠な自信は、やはり無根拠で、一端に悔しさだけはあって、よけいに性質《たち》が悪かった。

廃業した日、俺は木宮を連れて多摩川に来ていた。学生の頃によく歩いた河川敷とは反対の、東京側。多摩川緑地の野球場を歩いていた。

　誰かが忘れていった白球を手に取って、俺は向こう岸めがけて腕を振った。久しぶりに握った白球は硬くて、掴みどころのないくせに縫い目がやけに引っかかる。

　白球は向こう岸に届くと鈍い音を立てて闇夜に消えた。

　叫ぼうとして、どうにか思いとどまった。負け犬の遠吠えなんてしたくなかった。ただ、いたずらに喉を痛めるだけで、傷が癒えることはないことを俺は知っていた。

「部長、次はきっとうまくいきますって」

　後輩が肩に置いてくれた手を、俺は大振りで振り払った。高校の時に痛めた肘は、もうその痛みすら覚えていなかった。遠くに見える背の高いマンションの光がやけに目に染みて、だから俺はその場に腰をおろした。

　社会の歯車にすらなれなかった俺は、いったいこの先どう流れていくのだろう。目の前の多摩川を眺めていると、無性に目の奥が熱くなるのを感じた。

「おい」

　尻が地面につくと同時に、後ろから声をかけられた。もちろん、その口調と声音は近くに立つ木宮のものではない。俺は木宮を連れてその場から離れようとしたが、気が付けば男は俺のすぐ近くに立っていて、厚い掌で俺の肩を掴んでいた。

「いい球放るねぇ、兄ちゃん」

角刈りの髪はほとんど白く、細い目の上には太い眉毛が乗っている。よれたポロシャツから覗く身体はこんがりと日に焼けていて、腕の筋肉には強い張りがあった。

「神童、とか呼ばれた口だろ」

「部長は、今でも神童ですよ」

「おいやめろ、木宮。俺はもう子どもじゃねえよ」

俺が制すると、木宮はむすっとした表情で一歩下がった。

「兄ちゃん、神のほうは否定しないのか」

おっさんは高らかに笑った。その笑い声はおよそ夜中の河川敷には似つかわしくないほど明るくて、腹の奥を掻き毟る。

「部長は、怪我さえしていなければ――」

「もういいって、やめろ、木宮」

興奮する木宮の肩を掴んでなだめる。

木宮は俺の手を払おうとはしなかった。

「まあいい、元神童のよしみだ。おまえら、見たところワケアリだろう」

おっさんは踵を返すと、「ついてこい」と俺らを手招いた。俺と木宮はわずかに躊躇ったが、なぜだろう、気が付けばその背を追っていた。

おっさんのあとを追い、六郷橋を渡ると川崎側の河川敷に立っていた。河川敷には、プレハブ小屋がいくつも並んでいる。ところどころ灯りが漏れていて、俺は「ホームレスも電気は使うのか」と世間知らずな考えを頭に巡らせていた。

「おっさん、ここに住んでるのか?」

「いや、俺はここから少し行ったとこにあるマンションに住んでるよ」

「じゃあ、なんでここに」

「それは、俺がこの多摩川河川敷の皇帝だからだ」

「皇帝……?」

おっさんは、顔をかたかた揺らしながら、小屋の傍に立つ木製の看板を指さした。

「ようこそ、多摩川第三帝国へ」

これが、俺と皇帝の出逢い。

看板には、豪快な筆跡で「多摩川第三帝国」と記されていた。

「それは神童じゃねえって何度も言ってんだろ」

「うるせえ。同級生の中で誰よりも早く九九を覚えたんだ。充分神童だろうが」

あの晩、酒を酌み交わした俺たちはすぐに意気投合し、俺と木宮は皇帝の元で世話になっていた。木宮も皇帝に懐いていたし、俺も対等に言い合える男の存在を頼りにしていたからだ。

「あの、皇帝。ずっと気になっていたんですけど、なんで第三帝国なんですか？」

薄い緑茶ハイを啜りながら、木宮が皇帝に訊ねた。

「それは俺も気になってた。第三ってことは、第一とか第二もあるのか？」

「いや、第一も第二もない。俺にはようわからんけど、高さんが第三帝国ってつけたんだよ」

「高さんって誰だよ」

「ああ、高さんってのはここに昔いた宗教に明るい奴なんだが、なんでも、キリスト教では〝理想の国〟を第三帝国って言うんだそうだ。この場所は、誰かにとっての第三帝国になりうるってよく言ってたな。冴えない眼鏡をかけた男だったんだが、俺の孫娘が自由研究で作ったカラフルな眼鏡を喜んでかけてくれてよぉ。今はどこで何をしているか知らないが、いいやつだったよ」

「それで第三帝国なんですね」

「ああ、そうだ。俺はその話を聞いて、ここをそう呼ぶことにしたんだ。なにより、響きもかっこよかったしな」

木宮は「へえ」と感心した顔でそれを聞いていた。

皇帝も楽しげに、赤くなった顔を揺らしている。

「けっ、気分よくなってんじゃねえよ」

「馬鹿野郎。こちとら気分をよくするために酒飲んでんだ。逆に言えば、酒は気分よくなるまで飲まなきゃ意味がねえ。ほら飲め。もっと飲め。血が酒になるまで飲め」

「この時代錯誤じじいが。木宮は下戸だっつってんだろ」

「俺は木の坊に言ってんじゃねえ、おまえに言ってんだ」

　とくとくと焼酎の流れる音が続いた。木宮はいつの間にか、薄い緑茶ハイが入ったグラスを握ったまま夢の世界に落ちていた。川のせせらぎが子守唄にでもなったのだろう。ずいぶんと気持ちよさそうな寝顔をしていた。

「尾長、おまえ、この先どうすんだ」

「好機が来るのを待つよ」

「みんなそう言って、機を逃す」

「じゃあ、適当に仕事して暮らすよ」

「初めて会った時とずいぶんちがうな。ギラギラした野心はどこにいった」

「そんなもん、多摩川に流したよ」

「多摩川に不法投棄するな、馬鹿者」

　皇帝は言って、一升瓶で俺を小突いた。

　俺は不満を乗せた舌先をちっと鳴らす。

「尾長、おまえの心は建付けが悪い。そのせいか、隙間風でめっきり冷えてやがる」

「どでかい花火を打ち上げたいなら、無風じゃないといかん。乱れた心だと、咲くものも咲かんぞ。時には自分の心に正直になれ。誰かにエゴイストだと呼ばれてもいいから、やりたいことをやれ」

「説教くせえな。じゃあ、あんたの心は無風なのかよ」

「まさか、俺の心にはずっと臆病風が吹いてる。だから、エゴも通せなかったし、なにも咲かなかった」

焼酎をひと舐めし、「後悔ばかりの人生だ」と皇帝は呟いた。

俺は「らしくねえな」と鼻で笑って、注がれた焼酎を一息に飲み干した。

「俺も、もう歳だ」

「んなことねえよ」

「でも、まだ死ぬつもりはない」

「狸じじい」

皇帝はくっくっと肩を揺らす。

「なあ、尾長」

「なんだよ、じじい」

「おまえ、俺の代わりをやってみないか？」

「……そうかよ」

「……はあ？」

「いや、なに。さっきも言ったが、俺は老い先短い。この河川敷を俺の代わりにうまく治めてくれたら、商工会議所に見習いとして推薦してやってもいい。どうだ？」

「どうだ、じゃねえよ。だいたい、河川敷を治めたからってどうなるってんだよ。経営がわかるようになるのか？　交渉がうまくなるのか？　馬鹿なこと言ってんじゃねえよ」

「俺からの信頼、ひいてはこの町からの信頼が得られる」

「大ぼら吹き」

「ほらじゃねえよ。俺はこう見えて、この町のお偉方に口が利くんだ」

「なんだ、川崎の弱みでも握ってんのか？」

「おっ、鋭いな。ほとんど正解だ」

「馬鹿言ってら」

「商工会議所で経営の専門家と働いてしっかり勉強すれば、次の起業は成功するかもしれない。そうすれば、きっと多摩川沿いの高いマンションの最上階にも住める」

「……あんた、それ、どこで聞いたんだ」

「さあ、誰だか」

「ちくしょう、どいつもこいつもバカにしやがって。俺はもう無駄に上なんて見ないで、地に足をつけて生きるって決めたんだ」

「地に足をつけるってことは、なにも下を向くことじゃねえ。人は生きる限り、頭はぐっと上に向けておくもんだ。違うか？」

俺は俯いて酒を注いで、それをまた一気に飲み干した。

「なあ尾長、やってみてはくれないか」

「だいたい、なんで俺なんだよ。まとめ役なら、もっと適任がいるだろ」

「おまえにやって欲しいという、俺のエゴだ」

「……あほくせえ」

皇帝は俺の気持ちを知ってか知らずか、いつも以上に大きな声で笑っていた。

それは何度も見た皇帝の笑顔で、そして同時に、最後に見た皇帝の笑顔だった。

＊

上着のポケットを探り、皇帝の後悔が記された手紙を取り出す。何度も何度も読み直したからか、端のほうが撚れてきている。

ようやく動いた身の内の内燃機関は、目頭にしか熱を寄越さない。

「皇帝代理」

背後から声がする。俺は手の甲で目元を拭った。

「先ほどは、すみませんでした」

どうやら頭を下げているらしい木宮に、俺は背中を向けたまま、「おう」と返すことしかできなかった。もう後悔しないと何度も誓ったのに、俺はまた後悔する択を選ぼうとしている。その事実がやけに恥ずかしく思えて、余計に情けなくなってくる。

次に風が吹いたら振り向いて謝ろうと思ったが、川風は都合よくは吹いてくれず、いつものように先輩風だけが俺の背中を押していた。

閑話　その三　瞳と靖枝、恋を語る

「瞳さん、こんな年寄りの食事に付き合っても、楽しくなかったでしょう？」

「いいえ、楽しかったです。それに、私から看護師長にお願いしたんです。靖枝さんの夕食に付き合ってもいいですかって」

「でも、今日は花火を見に行くんじゃなかったかしら。時間は平気？」

「それを決めるために、今こうして残業してます」

時計の針は、午後六時過ぎを指していました。

頭に疑問符を浮かべた靖枝さんから食事トレーを回収しながら、私は、先ほど靖枝さんに渡した手紙のことばかり考えていました。

それはなにも手紙の内容を知りたい、という邪な気持ちからではありません。

私も似たような手紙を、つい先日受け取ったばかりだったからです。

「そうだ、瞳さん。さっきはありがとうね。あんなに息を切らして手紙を持ってきてくれて」

「ああ、いえ、大事な手紙と訊いたので、つい」

「食事の前に読んだわ」

「そうですか。それは、よかったです」

私が走った理由には、多分に私情が含まれていました。実を言えば、私は先日受け取った手紙をまだ開封してすらいないのです。なので、靖枝さんも、あの手紙の開封にはきっと心の準備がいるだろう、と高を括っていました。けれど、こうして靖枝さんに訊ねてみれば、もう読んだと言うではありませんか。

「封を切る時、少し怖気づいたけどね」

靖枝さんのふっくらとした照れ笑いが、臆病な私の心にぴたりと寄り添ってきたのを感じました。私はずいと身体をベッドに乗り出すようにして訊ねます。

「靖枝さんも、怖かったんですか？」

「も？」

「あ、いえ、こちらの話です」

取り乱した私を柔らかな瞳で受け止めた靖枝さんは、「あの手紙、息子からだったんだけどね」と優しく唇を動かしました。

「読んでみたら、まあ悪戯っ子だったあの子らしいお願いが書いてあったの。思わず、子どもの頃のあの子の顔が浮かんだわ」

靖枝さんは口元に手を添えて笑います。

「あの子はね、やることなすことすべて大胆で、いにさんに怒られて家出なんかする時も、わざわざいろんなところに根回しして、すぐにはバレないようにしてたのよ。私にもアリバイ工作を依頼してきたりねぇ。私はしぶしぶそれに乗っかった風を装っていたけれど、あれはあれで楽しかったわ。それで、いにさんもムキになる性質だから、本気で捜して、見つけ出したらまたお説教。そんなことだから、毎日喧嘩してたようなものね。父さんは俺が嫌いなんだって、あの子はよく言っていたけれど」

「賑やかなご家庭だったんですね」

「賑やか。そうね、とても賑やかで楽しい毎日だったわ。でも結局、あの子はいにさんのことを勘違いしたまま大人になって。所帯を持って落ち着いて、孫娘のおかげでいにさんとの溝が埋まりかけてきたと思った矢先、いにさんが遠くに逝っちゃってね」

靖枝さんの目尻に深く刻まれた皺が、ご家族への想いそのもののように思えました。

「家族というのも、ままならないものね」と呟く彼女に、私は「そうでしょうか」なんて、陳腐で頼りない言葉を返すことしかできなくて、むやみに悔しくなりました。

私は、受け取ってばかりの人間です。

「孫娘はね、みんなと仲良しなの。周りを盛り上げるのが上手い子でねぇ。この前結婚したのだけれど、瞳さんと同じくらいの歳かしら」

「私、こう見えてもちゃっきちゃきの二十四歳です」

「安心して、そう見えるわよ。二十四なら、ちょうど孫娘と同い年ね」

しっかりと口角を上げて笑う彼女の顔を見て、私は今さらながら、この人と昔からご縁があったのではないかと思い至りました。その期待を確かめようと口を開こうとした瞬間、「瞳さんはお付き合いしている方、いるの？」と、あどけない少女のような声色で質問されたので、私はそれを尋ねる機会を逃しました。

「いる、と言えば、います」

私は細く息を吐き出してから、その恋話に答えます。

「もしかして、複雑な関係？」

「だいぶ込み入ってます」

私の返しに、靖枝さんは淑やかに笑いました。

「なにをしている方？」

「そうですね……良く言えば、無職ですかね」

私がカミングアウトをすると、靖枝さんは肩をキュッとこわばらせて、目をぱちくりとさせました。靖枝さんの心労を慮り、私は言い訳紛いのことを口走ります。

「ダメ人間という訳ではないんです。昔から度を越してお人好しで、仲のいい先輩に付き従った挙句、仕事を失くしちゃったんです。お馬鹿さんですよね。周りからは、可及的速やかに別れたほうがいいってさんざん言われます」

「そうね、私も若い頃だったら、あなたの周りの人と同じことを言ったと思うわ」

「ですよね」

私が浮かべた笑みはきっと曖昧なものだったと思います。

この話題の時に毎度浮かべる、得意の表情です。

「でも、今は言えないわ」

彼女は言って、両手で私の手を取りました。

「私が愛した人も、そういう人だったから」

包み込む彼女の手のひらが温かくて、私はどうしようもなく泣きそうになりました。

重力に涙が引っ張られるのを防ぐように顔を上げると、窓の向こうが私の瞳に映ります。空にはすでに色の濃い夕闇が満ちていて、今にでも花火を受け止める覚悟ができているように見えました。

「瞳さん、これは老婆心から伝えておくわ。会いたくなくても、会える時に会っておいたほうがいい。言いたいことは、言える時に言っておいたほうがいい。聞きたいことは、聞けるときに聞いたほうがいい。どんなに些細なことでもね」

私の手を握る彼女の両手に力が入ります。

「もっとふたりでいろんなところに行きたかった、だとか。美味しいものを食べたかった、だとか。もう一度ふたりで花火を見たかったとか。もう一度ふたりで、大好きな曲を聞きたかったとか。金婚式を、ふたりで祝いたかったとか」

靖枝さんの声はわずかに濡れていて、私の手から零れ落ちていきます。

「欲張りね、あたしったら。だからきっと、たくさん後悔したんだわ」

彼女は言って、窓の外に目を向けました。その横顔がどうにも暗く哀しくて、私は早く花火が上がって彼女を照らしてくれればいいのに、と思いました。

けれど、この病室じゃそれも叶いません。

ここからでは、花火の一片《ひとひら》も見られません。

「いにさんも、なにか後悔があるようなことを言っていたっけ」

少女のように鼻を鳴らす靖枝さんを見て、私は息を大きく吸い込みました。

それは、本日二回目となる、エゴイスティックな提案をするための助走でした。

「靖枝さん、耳を貸してください」

「どうしたの、急に」

「周りに聞かれると怒られることを言うからです」

廊下から響く同僚たちの靴音が、普段より険しくなっているような気がしました。

私はひるむことなく、きょとんとした表情の靖枝さんの耳元に顔を近づけ、その申し出を行ったのです。

「どうですか?」

「大変嬉しいけれど……それ、怒られるで済むかしら?」

「最悪なにがしかの処分が下るかもしれませんが、どっこい、私は図太い女です」

靖枝さんは「あなたもたいがいお人好しね」と笑います。

「ありがとう。瞳さん」

彼女の言葉に私は笑みで返し、「ほかに、なにかしたいことはないですか」と、クールに話題転換を図りました。すると、靖枝さんは「そうね」と少しもったいつけてから、おずおずと、それでいて興味ありげに口を開きました。

「すごく気になっていたことがあるの。ついでに、訊いてもいいかしら」

「なんですか?」

「あなたの恋人、良く言えば無職だそうだけど。悪く言えば、何者なの?」

その質問に驚かなかったと言えば嘘になります。けれど私は、鼻から息を吸い込んで、「そうですね」としっかりもったいつけてから答えたのです。

「悪く言えば、切り込み隊長です」

さて、ここで三度《みたび》の閑話休題。

話は、午後六時半に進みます。

第四章　消失の午後六時半

六郷土手の紳士

さて、お次は午後七時頃のことが聞きたいんだろう？　なんでわかるって。そりゃわかるよ。事件が起こった時間なんだから。あんたの立場を考えれば簡単に推理できる。どうだい、ちょっとは見直したかい？

はいはい、わかったよ。関係ない事は喋らないよ。午後七時前後の町の様子ね。そりゃずいぶんと人の出が多かったよ。花火大会も始まるってんで、浴衣を着た人もわんさかいて、一歩進むのですら大変だったんだから。特にアゼリアなんかひどかったね。どの通りもすし詰め状態さ。店員さんも慌ててるのか、みんなぶつぶつ独り言を言ってたね。不気味だったけど、どうにか落ち着こうとしてたんでしょう、彼らも。

気が付けば私も地上に弾き出されちゃってさ。あそこわかるかい、海島。そうそう、バスターミナルの。あそこで一息つくことにしたんだよ。

その時だよ、事件が起こったのは。

ちょうど午後七時だった。あんたも聞いたかもしれないけど、妙な音声が町中に響いたんだ。ありゃ防災無線だな、と私は睨んでる。無線を通して誰かがさ、流暢な英語で『イッツアショウタイム！』って言ったんだ。その言葉を皮切りに町から、ふっと明かりが消えたんだよ。全部、全部だよ。街灯から、電飾から、信号から。町中から明かりが消えたんだ。

もちろん、みんなパニックさ。私も慌てて海島を飛び出して、多摩川のほうに駆けだしたよ。そしたら、もう一度声が聞こえてさ。今度は日本人の声だったと思う。そうだ、走ってたらさ。どこからか『音楽のまち川崎作戦、開始』なんて声も聞こえたね。音楽のまちったら、川崎市のスローガンでしょう。なんのこっちゃと思いながら町から逃げてたら、今度は花火が上がるじゃないか。多摩川からじゃないよ、町の中心から、ラ・チッタデッラから上がったんだ。立て続けに黄色いのが二発。ぱんっぱんって。駅前は一挙に大盛り上がり。たった花火二発でだよ？「よくやった！」とか「おめでとう！」とか言う人もいて、もうわけがわからなくてね。いっそう駆け足になったんだ。したら今度はなんだい、坂本九の『上を向いて歩こう』が大音量で流れだすじゃないか。九さんが川崎出身ってこともあって、町はいよいよ大興奮。生演奏まで始まる始末さ。

私は急いで六郷土手に戻ってね、それでそのまま交番に駆け込んだんだ。それからは、もうあんたの知るところさ。

そんな悔しそうな顔しなさんな。あの事件があんたのせいじゃないってことくらい、傍観者だった私にもわかる。自分のせいじゃない物事まで背負いこもうとするってのも、またエゴなんだよ。

あんたは大手柄をあげたんだ。胸を張りなよ、刑事さん。

川崎地下連盟

　ここに来て、私はようやくこの計画の裏に隠した自分の真意に気が付いた。なんて自己中心的な考えだろう、と思う。それでも、前に進むためには、過去に縋らず歩くためには、このキッカケが必要なのだ。

『近寺ちゃん、配線の調整、完了したよ』

『承知しました。それではおふたりとも三番出口の警備をお願いします』

『らじゃー』

　三十分前、午後六時の宇宙カプセルの演奏を機に、周囲の空気はにわかに硬くなった。地下連盟の構成員は耳の穴にはめたイヤフォンと、襟元に付けたマイクロフォンに細心の注意を払っている。ベーカリーショップの店員を兼任する者は、気を取られすぎて焼きたてのコロネにチョコではなくあんこを詰め、婦人服専門店の店員は付き添いで訪れた男性客にネグリジェを勧める始末だ。

　私は自分の気を引き締める意味も込めて、マイクロフォンに言葉を放った。

『総員、計画の発動までまだ九十分あります。目の前の業務に集中するように』

『ラジャー』

各地から届く震えた声に、私は一抹の不安を抱えつつも、ここまで来て退く選択肢なぞない、と自分の胸に強く言い聞かせた。

というのも、私は少し焦っていた。いや、少しどころではない。当初の予定ではすでに秀さんから鍵を受け取り、それで地下の変電室に侵入、室内の発信機を起動しているはずだった。だったのだが……。

地下室から数分おきに届く『ねえ、まだなの？　お腹空いたんですけど』という苦情に平謝りしながら、私は館内を練り歩き、今も秀さんを捜している。

このまま秀さんが現れなかったら？

最悪のケースを想定しながら人が隠れられそうなところを探していると、外耳孔にはめられたイヤフォンがブブッとノイズを立てた。ああ、さすがに芽吹さんの我慢も限界が近いか、と思った、その刹那、鋭い声が鼓膜を叩いた。

『恵梨子、助けて！　殺される！』

鬼気迫る芽吹さんの叫びに、私の頭は一瞬にして真白に染まる。

殺される？　誰に？　なんで？

まさか市の職員が押しかけてきたとしても、殺しはしないだろうとは思うが、『食い殺される！』『もうダメ、死ぬ！』と耳元で何度も叫ばれると事態の重さを受け止めざるを得ない。

ざわつく地下連盟構成員を落ち着かせるためにも、私は『芽吹さん、今どこに』と努めて冷静な口調で訊ねた。

『エレベーターの中！　もうダメ！　足からいかれる――！　あれ、離れていった……どうして……あ、また来た！　ダメ、膝下がやられたわ！　恵梨子、助けて！』

私は三番出口を目指してとっさに駆けだした。「友愛」のモニュメントの脇を抜けると、ちょうどエレベーターが到着したところだった。

赤い光の漏れる扉が開く。鬼の形相をした芽吹さんが弾かれるように飛び出てくる。そのあとを追うように這い出てきたのは、一匹の愛らしい柴犬だ。

「恵梨子！　助けて、殺される！　あたし、犬ダメなの！」

ほうほうの体で私に縋る芽吹さんのコートの裾に、愛らしさ全開の毛玉が噛みついている。尻尾が左右にぶんぶん振られているから、この子の気分は至極いいことが窺える。

私は膝を折り曲げ、「おいで」と両の手を差し伸べた。その柴犬はずいぶんと賢いのか、てちてちと歩き、私の腕の中にすっぽり納まった。裕子から借りた青いシュシュに数度鼻を擦りつけ、安心した表情で欠伸をひとつ漏らした。

「死ぬかと思った。走馬灯が二本立てで上映されたわ」

友愛のモニュメントの前に、芽吹さんはうつ伏せで倒れたままだ。

私は赤いリードを握り、犬を従えたまま訊ねた。

「いったい、なにがあったんですか」

「地下に変なおやじがいて、そいつに危うくプロポーズされそうになったと思ったら、犬とあいつと裕子が同時に現れて、言い争ってたら裕子が急に犬をけしかけてきたのよ」

芽吹さんはふらふらと力なく立ち上がり、乱れた髪をかき上げた。

膝下が犬のよだれでてかてかと艶めいている。

「落ち着いてください、芽吹さん。結局、なにがあったんですか」

「今、全部言ったでしょう！」

ハンカチでよだれを吹く芽吹さんは、至極嫌そうな顔をしていたかと思うと、「そうだ！」と大きな動きで顔を上げた。いつにも増して忙しない。

「裕子のやつ、鍵を持ってたわよ。まったく、受け取ったなら一言言いなさいっての」

「裕子が、鍵を？」

なぜ裕子が変電室の鍵を持っているのか。その答えを考えようとした時、オルゴール調のチャイムが流れはじめた。

時計を見ると、まだ午後七時。

立て続けに、ダミーの防災音声までもが空気を揺らした。

『緊急連絡。緊急連絡。こちらは、川崎市役所です――』

それは紛れもなく、防災行政無線の乗っ取りが成功している証だった。

『近寺さん、これはいったいどういうことですか⁉』

久家さんの怯えがインカム越しに届く。

『わかりません。とりあえず久家さんは守屋盟主をつれて三番出口へ』

『わかっ、わかりました』

私はとっさにマイクロフォンに叫び、中央正面入口に向かって駆けだした。

『音楽隊、演奏の用意を。どうやら裕子が勝手に始めてしまったらしい』

中央正面入口から外に出る。無論、右手はリードを握ったままで、犬は私と並走している。芽吹さんは三メートルほど後ろを駆けていて、その額には汗と犬への警戒が滲んでいた。

私はこの時、ようやく覚悟を決めたのだと思う。

それは計画を必ず成功させるという覚悟と、今朝裕子が言っていた言葉を実行する覚悟にほかならなかった。

＊

階段を上りきると、車椅子に乗った老婆が視界に飛び込んできた。ぶつかりそうになった私は「すみません」ととっさに謝った。

しかし、彼女の顔を見た途端、謝意は一気に狼狽へと塗り替えられた。「なぜ、あなたがここに」、そんな言葉が喉から湧いて出た。

「なんでここにって。そうねぇ、私は花火を――」

「瞳、あんたなにやってんの！」

老婆の返答を踏みつぶすように、後方から芽吹さんの声が飛んでくる。

「こんな時間に患者さんを連れだして、どういうつもり⁉」

「芽吹さんこそ、そんなに髪を乱してどうしたんですか？」

「私はどうだっていいの！　なんで靖枝さんがここにいるのよ」

「私がね、瞳さんにお願いしたのよ」

「いいえ、私が靖枝さんに」

「もう、どっちでもいいから。とにかく病院に戻りなさい！」

芽吹さんの会話をぽかんと眺めていると、柴犬がこらえきれないといった様子で老婆に駆け寄った。

「あらぁ、タマ。どうしたの、こんなところで」

老婆が「裕ちゃんに遊んでもらってたの？」と撫でると、犬は「わんっ！」とひと吠えし、芽吹さんが「ひっ！」と私の影に隠れた。

「お仕事の邪魔はしちゃダメよ」

老婆がそう言うと、犬は勢い込んで車いすの周りを駆けてから、再び芽吹さんのコートの裾に飛びついた。

「もうやめてッ！　走馬灯もネタ切れだから！」

芽吹さんは声を上げ、駆けだした。「ルーカスの馬鹿野郎ッ」と辞世の句を残して走り去る彼女のコートの裾には、どうしてか養生テープでビーフジャーキーが貼り付けられていた。

「元気な人ね」

「はい。芽吹さんは元気な人です」

穏やかな空気のふたりを眺めていると、今度は視界の端に背広の男が現れた。

「失礼、ちょっとよろしいですか」

目尻を下品に歪ませた男は自身を刑事だと名乗った。しかし、視線の動きは品定めをしているようで気味が悪く、治安も悪い。

この騒ぎはどういうことか、と訊ねてくる男を振り払って歩きだそうとすると、思いがけない人物が私と同じ目に遭っている光景が目に入る。

私は無意識のうちに、その人物に問いかけていた。

「ここでなにをやってる、尾長」

振り向いた尾長は驚いたような表情をしたあと、離れていても聞こえるくらい大きな音を舌で鳴らし、リアカーを曳いて立ち去ろうとした。

「待て、逃げるな――」

「はいはい。まずはこっちの質問ね」

肩を掴んでくる腕を「うるさい！」と振り払うと、刑事は面積の狭いこめかみに青筋を立て、「なんだとぉ」と唇をひくつかせた。

「下手に出てればいい気になりやがって。いいから言うことを聞け！」

「あなたがいつ下から来た。ずっと上から物を言ってるじゃないか」

「うるさいッ！　冬児、応援もっといるぞ！　金剌のじいさんも呼んでこいッ」

「早くしろ！」と叫ぶキノコ男の言葉に、私は驚きを禁じ得なかった。

「なぜ、あなたたちがジンの名前を知っている」

私の言葉を聞いた刑事は眉根を寄せ、「なにを言ってる」とこちらに詰め寄った。

その瞬間、鋭いハウリング音が夜に染まる川崎駅東口を切り裂いた。

私は耳をそばだて、地下の裕子がなにを言いだすのかと身構える。

『レディースアンドジェントルメン、聞こえてるかい？』

聞こえてきたのは裕子の声ではなく、妙なイントネーションをした男の声だった。

ぼつぼつとノイズの混じるその声は、すぐに次の声に掻き消される。

『そのレバーは触らなくていいんです！』

次に聞こえてきたのは、紛れもなく裕子の声だ。

『でも、そのほうが花火は綺麗に見えるだろう？　だったら使ったほうがいい。こういうの、宝の持ち腐れっていうんだぜ』

『え、ああ、うん？　そうなの？』

『そうそう――ってことで、イッツアショウタイム！』

その言葉を合図に、川崎から音と光が、一挙に消え失せた。

多摩川第三帝国

　空からかろうじてぶら下がる太陽の光に目を細めながら、俺は河川敷で四肢の腱を伸ばしていた。隣に座る木宮は川の流れに目を落とすばかりで、どこか覇気がない。そのわりに、瞳の奥だけは炯々《けいけい》としていて、俺の不安をむやみに煽る。

「ルーカスの野郎、いったいどこに行っちまったんだ」

　俺がそれとなく呟くと、木宮は「花火を見るポイントでも探しているんじゃないですか」と気のない返事を川面に落とした。

　気まずい沈黙がふたりの間に積み重なり、互いを遮る壁のようにすら思えてくる。先輩風を吹かそうにも、壁からの吹き返しに俺の心が冷えるだけに違いない。

　木宮はひとり立ち上がり、倉庫へと足を延ばした。俺に声はかけてこない。

　木宮は、いつから俺がいなくても歩ける人間になってしまったんだろう。へなちょこで、ふにゃふにゃしてて、俺の支えがないと立てない男だったじゃないか。

　いや、ちがうな、きっと、ずっと前からそうだったのだろう。多摩川の臭いに鼻が曲がるずっと前から、俺の性根はひん曲がっていたし、ついてきてくれた木宮の心は誰よりもまっすぐだったのだ。

「皇帝代理、ちょっと」

木宮が手招きをする。

俺は首を振るい、惨めったらしい表情を振り落としてから木宮の隣に立った。

「倉庫の中から音がします」

俺は「嘘つくんじゃねえよ」と耳を押し当てた。

「ほんとだ」

「だから言ったじゃないですか」

倉庫の中で流れていたのは、坂本九の『上を向いて歩こう』だった。どうしてこんなところで往年の名曲が垂れ流されているのか、見当もつかない。

俺は木宮に目で合図を送り、倉庫の扉を一息に開けた。雪崩れるように埃の臭いが飛び出してきて、ふたりの鼻腔を押し塞ぐ。

一瞬細くした目を開き直すと、俺は思わず声を上げた。

「なんであんたがこんなところにいるんだよ」

倉庫の中央、そこに座っていたのは白髪で小柄な老人。

赤と白のツートンカラーのラジカセを小脇に抱えて、秀爺がうずくまっていた。

「秀さん、どうしたんですか？」

木宮が呼びかけると、秀爺はぽつり、「私はどうしようもない人間だ」と呟いた。

「そんなことないですよ、秀さんは僕らをたくさん助けてくれたじゃないですか」

木宮が背中をさすってみても、秀爺は俯いたままだ。

「秀爺、その曲流すんなら、せめて上を向いてくれ。な？」

「こんな倉庫の中で上を向いても、埃まみれの天井しか見えない」

「わかってんなら、外に出ろよ」

俺は秀爺の脇に腕を挿し込み、赤子を運搬するように倉庫の外へ連れ出した。河川敷にぽつんと置かれた秀爺は川崎駅のほうに首を向けて、「まだちゃんとあるのか」と息を吐く。

「まだちゃんとあるって、どういう意味だよ」

俺が問うと、秀爺はしわがれた手に握っていた鍵を差し出した。それは、俺たちが昼間に受け取ったものと、見たところ同じものだった。

「私は、どうしてもこの鍵を彼らに渡すことができなかった。川崎の秘密は、あの人の後悔そのものなんだ」

秀爺はそう言って、再び倉庫に引っ込み、今度は隅っこのほうで『上を向いて歩こう』を巻き戻しはじめた。

「もういい、そこで勝手にしてろ」

俺は秀爺の横を素通りして、リアカーを引きだした。

「秀さん、待ってるだけじゃ、なにも変わりませんよ。行動しないと」

木宮の言葉に秀爺はなにも言わず、再生ボタンを押した。明るく、哀しいイントロが再び響く。

俺は音の鳴りそうになる舌を押さえつけ、リアカーを曳いて外に出た。

＊

重い荷車を曳いて、川崎駅に向かう。時刻はすでに午後七時前だ。

夜の帳はすでに下り、辺りを走る車のヘッドライトが刺すように飛び交っている。すれ違う人が目を細めた隙を突いて、俺は「今日の作戦が成功したら、あいつは見返してくれるだろうか」なんてことを考える。

考えるだけ考えて、そして、頭の片隅に押しやった。

「木宮、成り行きで俺が曳いてるけどよ、おまえが曳けよ」

しかし、返事はない。俺は首を回し「木宮？」と問いかけた。

「皇帝代理、打ち上げの前に、ほんの少しだけお時間いいですか」

「長くなるだろ、その話」

「駅に着く前には終わります」

「いいって、また今度で」

俺は脚に力を入れて、先を急ぐ。

「あの、僕、実は——」

「その話はいいって」

「仕事が見つかったんです」

木宮が何を言うか、俺はずっと前から知っていた。知っていたが、聞くことを拒み続けていた。聞いてしまえば、虚栄に満ちた俺を陰ながら支えてくれた朋輩《ほうばい》が、俺の前から去ってしまう未来が確定してしまうような気がしていたからだ。

「……出ていくのか、多摩川を」

俺は欲しくもない答えを求める。

「はい。駅前のホテルに就職が決まりました」

「どうしてもか」

「どうしてもです。今日、彼女にも伝えます」

「おまえは、うちの切り込み隊長だろうが」

「切り込み隊長だからです。僕らはいずれ、社会に戻らないといけない。新しい環境に飛び込まなきゃならない。ずっと、理想の国にいられるわけじゃない。部長なら、わかるでしょう」

「……わかんねえよ」

俺は指先を探るように動かした。

けれど、あの夏の感触は戻ってこない。

「彼女にも、一年前に言ったんです。一年後、花火大会に誘うから、その時僕が不甲斐ないままだったら、別れようって」

「なんて自分勝手な男だ」

「部長に言われたくないですよ」

車道を駆ける車が鳴らした一発のクラクションが、ずっと頭の中で反響しているような気がした。それはぐるぐると渦巻いて、煮凝《にこご》ったプライドが吐き出そうとする言葉を搦め捕る。罵倒や誹りでこいつを抑え込めれば、どれだけ楽か。

「自分で決めたんだな」

「はい」

「なら、勝手にしろ」

俺は大きく息を吸い込み、「そのかわり」と木宮のほうを見もせず荷台を指さした。

「この黄色い花火だけは自分で打ち上げていけ。これは部長命令だ」

「わかりました。——あの、部長」

「なんだ」

「部長も、これ以上待たせないように」

「……うるせぇ」

木宮が小さく笑ったのが背中越しにわかり、俺は無性に腹が立った。嫌味のないその優しい声にじゃない。自分のこれまでを省みてしまっている素直な俺自身にだ。

「曳くの、代わりましょうか？」

「いいよ、別に。これ以上おまえに牽引されてたまるか」

俺はむきになって、そのままがむしゃらにリアカーを曳いた。もう見飽きたはずの背中をあいつは追い越すこともなく、黙ってついてくる。

跳ね進むリアカーが残す轍は、俺の性根のように曲がりくねっているような気がした。だから俺は木宮に、「隣歩けよ」と言ったのだ。

＊

川崎の町に入ったところで、耳が異変を感じ取った。街中の至るところから、妙なアナウンスが流れている。それはやけに緊張感を煽る音域で、趣味が悪い。

「なんか事件でも起こったんだろ。川崎だし、不思議でもない。それよりも、おまえは先に打上場に行って準備してこい。そろそろ彼女が来る時間なんだろ。俺はリアカー曳いてるから、大通りをゆっくり進むしかない」

「なんですか、これ」

「わかりました」

木宮は黄印のついた四号球をいくつか抱え、人混みに消えていった。

俺はJR川崎駅前を通り、県道一〇一号線を目指した。これからの人生を暗示するような、独り孤独な行軍だ。

浴衣姿の人々を押しのけ、ラ・チッタデッラへ向かう。道中、アゼリアの正面入口でスーツ姿の男に、突然声をかけられた。朝に見た警察官の若い方だと気付いた時には、手の届く距離まで近付いていた。

「失礼、ちょっとよろしいですか」

「よろしくねえよ」

俺は鋭い視線を向け、すぐに逃亡を画策した。したのだが、近くから「ここでなにをやってる、尾長」と聞き馴染みのある声が飛んできて、足を止めた。

嫌な場面で会ってしまった。

俺が舌を鳴らして再び足に力を込めると、警察官にいきなり肩を掴まれた。

「ちょっと、待って。僕は君を捕まえない。それよりも、君に頼みたいことがある」

うそぶく男に俺が再び一瞥をくれた瞬間、「待て、逃げるな――」と近寺のほうから鋭い声が上がった。見れば、近寺の身体をキノコ頭の警察官が取り押さえているではないか。

いやらしい表情の警察官は、「冬児、応援もっといるぞ。金剌のじいさんを呼んでこい」とほとんど唾を飛ばしながら言った。怒りを孕んだ声だ。

俺はもちろん、耳を疑った。

「なぜ、おまえらが皇帝の名前を知っている」

俺の横に立つ警察官は、「正義の味方の情報網を甘く見ないほうがいい」と軽口を叩く。俺がそいつを問い詰めようとした時、痛いくらいのハウリング音が夜の川崎駅東口に響き渡った。

『レディースアンドジェントルメン、聞こえてるかい？』

聞こえてきたのは、妙なイントネーションの声で、まさしくそれはルーカスのものだった。

断続的なノイズが混じる声に、すぐに次の声が覆いかぶさる。

『そのレバーは触らなくていいんです！』

次に聞こえたのは、番台の声だ。

一体全体、なにが起こっているのかわからない。

『でも、そのほうが花火は綺麗に見えるだろう？　だったら使ったほうがいい。こういうの、宝の持ち腐れっていうんだぜ』

『え、ああ、うん？　そうなの？』

『そうそう――ってことで、イッツアショウタイム！』

ルーカスの気取った声を合図に、川崎から光と音が、瞬く間に消え失せた。

神奈川県警刑事部捜査第一課

　午後六時半、上着の内ポケットに振動が走った。

　豊さんかと思い携帯電話を急ぎ取り出すも、見事に外れ。

　僕は肩を落として川崎署からの入電を受けた。

「はい、玉井」

『お疲れさまです、玉井巡査。本日川崎駅で捜査を行っていると伺いましたが、今もまだ川崎駅付近におられますか？』

「はい、います。今ちょうど銀柳街からラ・チッタデッラに向かってる途中です。なにかあったんですか？」

『それがですねぇ。見間違いだとは思うんですが、アゼリアのコインロッカー付近でライフルのようなものを担いで歩く男を見たって通報があったんですよ』

「ライフル、ですか？」

『ええ、見間違いか悪戯か、どちらかわからないですが。こちら特徴をお伝えしますので、玉井巡査もそれらしき男を見かけたら共有をお願いできますか』

「わかりました」

『ありがとうございます。ライフルを持ち運んでいるとされる人物の特徴ですが、欧米系の男性で、年齢は推定三十代。背は百九十センチ前後あり、髪は肩よりも長く、柴犬を連れているそうです』

ライフル男の特徴を聞いた僕の喉からは、一息の間もなく「なるほど」と零れていた。その反応の速さを訝ったのか、受話器の向こうから『玉井巡査、心当たりが?』と追及の手が伸びる。

「いえ、別に。ただ、犯人が単独ではなく複数人だったら厄介ですので、応援をお願いできますか。そうですね、捜査一課の二島さんにお願いできるといいのですが」

『捜査一課の二島さん、ですか?』

「はい。こういうヤマには、あの人が適任かと」

電話口の向こうの男性署員は、背後の同僚になにか呼びかけている。

『承知しました。二島さんを応援に向かわせますので、出くわしてもあまり無理なさらないようにお願いします。同行している金刺巡査にも、お伝えください』

「わかりました」

電話を切った僕は銀柳街から横断歩道を渡りきり、ラ・チッタデッラの入口ゲート前を右に折れた。

アゼリアへと続く階段を降りる最中、僕は深い呼吸をひとつして、立ち止まる。そうして、握りこぶしで胸を叩いた。正義の味方に向いているやつが誰なのか、今夜はっきりさせようと、改めて心に誓ったのだ。

＊

アゼリア内を歩いていると、妙な空気が充満していることに気が付いた。コーヒーショップの軒先では店員が大量の豆を床に零し、惣菜売場のショーケースの中は値札と商品が合致していない。アゼリア内で働く者、全員にまるで落ち着きがない。

そういう僕も足が震えている。人のことを言える立場にないな、とひとり笑った。

川崎署から応援到着の連絡があり、僕はアゼリアの外に出た。ＪＲ川崎駅中央改札前に向かう間、豊さんに電話をかけてみる。しかし、相変わらず豊さんの携帯電話は電波の繋がらないところにあるらしい。

〈俺は警察官失格だ〉

豊さんの語った言葉が、胸の内でたしかな意味を持って浮き上がる。僕の手の届かぬところまで浮いていく。

しばらくすると、花火大会に向かう浴衣の群れから、スーツ姿の男が一人と紺色の制服を着た警察官が数名、現れた。

「よお、冬児。来てやったぜ――。あれ、あのおじさんはどこ行った」

二島先輩は合流するなり、口元をちゅうっと歪めた。

「豊さんは今、少し遠くにいるみたいでして」

「遠くにいるみたいでしてってなんだよ。あのじじいがこのヤマを担当したいって言ってたんだろうが。まあいい。それにしてもでかした、冬児。これは大手柄だ」

「大手柄、ですか」

「ああ。ラ・チッタデッラにホームレスが集結してるって連絡も来てる。もしかしたらあれは、ライフル男に金で雇われたカモフラージュかなんかかもしれないな。にしても、銃火器を持ってるってことは噂のテロ組織が関わってるのか……？　だとしたら、俺の出世街道のいい舗装材になりそうだ」

「二島先輩。念のためですが、このヤマは僕と豊さんの担当です」

「わかってる、わかってる。安心しろ。上への報告は俺がうまくやっておくからよ」

先輩は言って、アゼリア方面に向けて歩きはじめた。なんでこんなやつが褒め称えられて、豊さんが嘲笑されるのだろう。人の波を裂くようにして歩く先輩のあとに続きながら、こいつの後塵を拝するのはごめんだと強く思った。

「なんか音が聞こえるな。オルゴールか、これ」

アゼリアの中央正面入口に立つと、宇宙カプセルの奏でる音が駅前の人混みの中を漂っていた。その人混みの中にあって、風体の奇妙な者がふたり、際立っている。どちらもアゼリアで今朝見かけた者たちだ。

「冬児、あっちの綺麗なほうは任せとけ」

先輩はリアカーを曳く男を僕に任せると、ポニーテールの女性を見て舌なめずりをした。僕はその背中に唾を吐きかけたい気持ちを抑えて、リアカーを曳く野球帽の男の肩を叩いた。

「失礼、ちょっとよろしいですか」

僕を確認した男は「よろしくねえよ」と鋭い視線を残し、逃げだそうと試みる。

その時、二島先輩が抑えている女性のほうから「ここでなにをやってる、尾長」と声が飛んできた。二島先輩が慌てて取り押さえるが、女性の勢いは削がれない。

野球帽の男は舌打ちをし、駆けだそうとした。僕は肩を慌てて掴み、「ちょっと、待って。僕は君を捕まえない」と本心から告げ、引き止める。

男が僕に一瞥をくれた瞬間、「待て、逃げるな――」と二島先輩の鋭い声が上がった。見れば、先輩は逃げようとする女性を力づくで押さえ込んでいた。

「冬児、応援もっといるぞ。金刺のじいさんを呼んでこい」

先輩の言葉を聞いて、「なぜ、おまえらが皇帝の名前を知っている」と驚きを隠せない男に、僕は告げた。

「正義の味方の情報網を甘く見ないほうがいい」

それから数十秒後、この町の色は大きく変わった。それはまるで、オセロの盤面が端から一挙に覆るように、白から黒へと転換していった。

黒く染まっていく景色の中、僕は胸の内で呟いた。

父さん、ごめんなさい、と。

閑話　その四　瞳と靖枝、夜を行く

時計の針は、午後六時半を少し回ったところでした。

更衣室で着替えを済ませた私は、ナースセンターの缶ゴミを漁っていました。同僚たちの冷ややかな視線もなんのその、目当ての品を手に入れた私は、それにビニール袋を被せて鞄に放り込みます。

鞄の中には、先ほど封を切ったばかりの手紙も入っていました。

「あら、瞳。ようやく帰るの？」

「看護師長。お疲れさまです」

「さっきシーツの回収カートを押してたみたいだけど、まさか清掃の手伝いまでしてたわけ？」

「はい。後悔は身体に毒ですので」

「どういう意味かわからないけど、あんた、今日はやけに働きたがりね。なにかあった？」

「減給を覚悟しただけですよ」

頭に大量の疑問符を浮かべた看護師長の背後から、ドタドタと人の駆ける音がします。私は心の中で「オンタイム！」と小さくガッツポーズを決めながら、看護師長が足音の主に声を掛けるのを待ちました。

「看護師長！　鏑木先輩！」

「坂田くん、あなた、廊下は走るなって小学校で習わなかったの？」

先ほど靖枝さんの担当を引き継いだばかりの新人看護師坂田くんが、顔を真っ青にして肩で息をしていました。

肩幅が大きいこともあって、なんだか妙な迫力を感じさせます。

「走ったことはすみません。けど、大変なことが起きたんです」

「いったい、どうしたっていうの？」

看護師長が眉根を寄せるなか、私は坂田くんの二の句をしかと打ち守ります。

「一二〇一号室の金剌さんが、部屋にいないん――」

「ええッ、それは大変だァ！」

思わずフライングしてしまい、私は「やっちまった」と自省しました。無論、ふたりからも訝しげな目で見られますが、ここで怯んでいてはなりません。

「看護師長、ワタクシ、外を探してまいります！　坂田クンは院内を頼むヨ！」

「瞳、あんたなんでそんな棒読みなの？」

「そんなこったァ、ないですヨ」

「……えっと、じゃあ、僕は院内を探します。鏑木先輩、終業後なのにすみません」

「お安い御用でェ！」

ナースステーションをあとにして、私は一目散にリネン室に向かいました。火照っている顔をぱんぱんと叩いてから、シーツの回収カートにこっそり話しかけます。

「私です。お待たせしてすみません」

私の声から一拍遅れて、シーツの山がうねうねと波打ちました。そこから華奢な腕がずぼりと突き出てきたかと思うと、次に淑女の顔がぽんっと跳ねてきました。

「苦しくなかったですか？」

「ぜーんぜんへっちゃらよ」

少し興奮した様子の靖枝さんは、息を弾ませてそう応えました。彼女の口角はむやみに上を向いており、聞き及ぶ息子さんの悪戯気質は、もしかしたらお母様から受け継いだのではないかしら、と私は看取しました。

「さあ、瞳さん、行きましょう！」

楽しげな靖枝さんをカートから抱き上げ、リネン室を抜け出し、ふたりして忍び足でエントランスへと向かいます。エントランスに着くと、私はまず、秘密組織のエージェントさながらの動きで周囲の無事を確認しました。

高校の頃、友人と見漁ったスパイ映画がこんなところで活きるとは！

「瞳さん、それ、逆に目立たないかしら」

「……それもそうですね」

靖枝さんのもっともな指摘を背中に受け、私は彼女の手を引き、しずしずと正面玄関へと移動しました。正面玄関を出ると、外はもう夜の真っ只中。ロータリーを駆ける車のヘッドライトが、刺すような険しさで照っています。

私は靖枝さんに少し待つように告げ、退勤前に用意しておいた貸出用の車椅子を案内板の裏から引き摺り出しました。お見舞いに来た方々が、私の行為に目を見張る中、私はそれを靖枝さんの前へと運びます。

「あら、用意がいいのね」

「私はデキる女ですので」

ふっくらと笑う靖枝さんに「どうしますか、今ならまだ引き返せますが」と念のため確認を行うと、彼女は唇をつんと尖らせ、ナイロン製のシートに美しい所作で腰かけました。

「後悔は身体に毒ですから」

靖枝さんは、にやりと笑いました。

＊

院前のロータリーを抜け、県道一〇一号線に出ると、夜風が真っ直ぐと身体を叩きました。もう秋です。「お城から抜け出したアン王女みたいでワクワクしてきたわ」と今にも立って駆け出しそうだった靖枝さんも、先ほどから薄手のカーディガンの前をきゅっと閉じて縮こまっています。

貝塚交差点まで差しかかると、ちょうどコンビニが左手に現れました。私は「ナイスタイミング」と心中でサムズアップを決め、車椅子の車輪にロックをかけます。

「靖枝さん、少し待っていていただけますか。すぐに戻りますので」

私はほとんど返事も待たずにコンビニの中に駆け込み、店員さんからビニールで包装されたとある品をいただいて、駆け足で戻ってきました。

「これどうぞ」

「これは、なにかしら？」

「限定ジャンパーです！」

当たりくじと引き換えに手に入れた紺色のジャンパーは、懸賞品だというのにしっかりとした作りで、背中に印刷された白いロゴも、どこかワイルドな雰囲気を漂わせています。

「あら、この背中のおじさん。いにさんがよく飲んでいたコーヒーに描いてあったのとそっくりだわ」

「きっと同じ銘柄です。そのジャンパー、缶コーヒーを飲んだら当たったんです」

靖枝さんは小さく拍手を添え、「それは幸運ね」と私の豪運を祝福してくださいました。看護師長の反応とは天と地ほどの差を感じます。

ジャンパーが思いのほか温かそうだったためか、靖枝さんは着ていたカーディガンをひざ掛けにしようと袖を抜きました。その時、合わせて腰も浮かせたためか、靖枝さんのズボンのポケットからなにかが落ちたのです。

風に飛ばされたらまずい。私は必死でそれに跳びつきました。

「瞳さん、ごめんなさいね。大丈夫……?」

「はい、一向に平気です。これは、写真ですか?」

「ええ、結婚二十周年の時の写真よ。気分だけでも、いにさんと見たくて」

靖枝さんに手渡す際、写真の裏側にはふたりの署名が窺えました。

そこにはたしかに、「一九八六年十月一日、靖枝、イニ」と刻まれていたのです。

「ね、この人、字が大きいでしょう?」

靖枝さんが指さして笑うのを見て、ああ、なるほど、と私はひとり合点しました。

「いにさんって、仁《じん》さんっていうんですね」

「ええ、そうよ。金刺仁っていうの。ね、怖そうな名前でしょう?」

「いえ、優しそうなお名前です」

「あらまぁ。あの人が聞いたら照れて顔が紅くなるわ、きっと」

口角をしっかりと上げて笑った靖枝さんはポケットに写真をしまい直してから、

「さあ、行きましょうか」と、柏手を打ちました。

「息子の悪戯と、あなたの恋人の口車に乗りにね」

「もらった手紙の内容までほとんど一緒とは、まさに運命的ですね」

「もしかしたらあなたが今日ここにいるのも、偶然じゃないのかもしれないわね」

ダンディな髭のおじさんが煙草を吸うジャンパーを背負った淑女。彼女を乗せた車椅子は、そのまま県道一〇一号線に沿って進みます。しばらくしてラ・チッタデッラの前まで来ると、なにやら辺りが妙にざわついているように感じられました。道行く人々の顔は花火を見る前の興奮とは少々趣が異なっているように思われます。

理由はわかりません。

私は喧騒の中、彼からもらった手紙の内容を思いだしました。

『十月一日の午後七時。アゼリア宇宙カプセルの前で待っている』

やっぱり今日は、花火が見られるような気がします。

さて、これにて最後の閑話休題です。
話は、午前十時に戻ります。

第五章　そして、町は盗まれた

神奈川県警刑事部捜査第一課

ここで語り手は俺に戻る。

冒頭、今回の話について、俺はこう言った。

これから語られるのは、ある人物の後悔にまつわる物語であり、巻き込まれた人々の奮闘劇である、と。

なにを言わんとしているか、もうおわかりの方もいるだろう。

そう、俺は巻き込まれた側の人間でもあるのだ。

故にここからは、我が奮闘について語らせていただきたい。

＊

第四会議室で行われる朝礼。景気よく太った刑事課長の声は、いつにも増して耳に入らなかった。なんでかなぁ、とは思わない。原因は、俺にある。

「豊さん、川崎の異臭事件を担当したいって課長に具申したそうじゃないですか」

後輩の二島が意地の悪い声色で訊ねてくる。俺は「ああ、そうだなぁ」と答え、横目で二島の顔を見た。なんとやらしい表情。およそ正義の味方側の人間とは思えない面構えだ。頭からも怪しげな胞子が出ているように思われてならない。先日蒲田で飲み潰れ、変な外国人とヒールを履いた女性の手によって道端に投棄されているところを見た、と報告があったのも頷ける。

「あんな手柄の薄そうなヤマのどこがいいんですか？」

「そうだなぁ。立地がいいよなぁ」

俺がそう答えると、二島は「立地ぃ？」と怪訝な表情をした。

「ああ、地元なんだ」

「はっ、そうですか。豊さんは本当にマイペースでいいですね。このままだと――」

「すまん、電話だ」

俺は隣の二島と、部屋の一番前にいる刑事課長に片合掌ですまんと示して、会議室を出た。廊下の突き当たりに急ぎ、使い古した折り畳み式の携帯電話を開くと、娘の名前が表示されていた。俺は頬をぺちぺちと二回叩き、電話を受けた。

『お父さん、今日はちゃんと川崎に来られそう？』

娘の裕子は川崎駅東口にある地下街、アゼリアで一年ほど前から働いている。昔からおてんばで、親の言うことなんかろくすっぽ聞かず、あっちにこっちに跳ね回り、すくすく育った。そのくせ、親不孝者というわけでもない。年頃の時分も親を邪険にしなかったし、成人してからも頻繁に実家に顔を出し、俺と妻の話し相手をしてくれる。

たしかに、公安の人間だけはやめろと口酸っぱく言ったのに、わざわざ警察官と籍を入れたのには驚いたが、基本的には孝行娘である。目に入れてもうるさいだけで、きっと痛くはない。そろそろ孫の顔も見せてくれるだろう。

「ああ、大丈夫だ。例の異臭事件の担当にしてもらったからな、問題なく行ける。そっちはどうだ。うまくいきそうか?」

『うん、こっちもなんとか。音楽も流せそう』

「それはよかった」

『あと、さっき瞳から電話で聞いたんだけど、芽吹さん、出勤はしてないみたい。このまま行けば、瞳が代わりにおばあちゃんの担当になるはずなんだけど……』

「そうか。なら、あとで手紙を渡しに行こう」

瞳とは、裕子の高校の友人で、うちの母が世話になっている市立病院で働く看護師だ。裕子曰く、度を越したお人好しらしい。

対して、母の担当看護師である芽吹嬢は、無理な外出、外泊を一切許可しない厳格な人間だ。厳めしい表情は鉄仮面と呼ぶほかないが、その鉄皮はきっちりとマスカラでデコレーションされている。

『あと、多摩川の人たちもちゃんと花火の準備進めてるみたいだよ。瞳に切り込み隊長から手紙が来たんだって。中身は見てないらしいけど、たぶん花火のことだって』

「切り込み隊長？」

『瞳のダメ彼氏のこと。本当、近寺さんにせよ瞳にせよ、意外とロマンチストなんだから』

「まあ、よくわからんが、とりあえずは計画どおりだな」

ネクタイを片手で直しながら、息を吐く。これからが本番だというのに、なぜかもう一仕事終えたような感覚が襲ってくる。早いところ一杯やって寝腐りたい。

アテはなににしようかと考えていると、受話器の向こうから『ねえ』と薄ぼけた声が聞こえてくる。

『本当にやるの？　お父さん、正義の味方でしょ？』

「やるんだ。後輩が言ってたんだけどよ、正義と悪は、表裏一体らしい」

『どういうこと？』

「俺は悪役にもなれるってことだ」

『まあ、お父さんがいいなら、私もいいけど。じゃあ、そろそろ切るね』

「もう仕事か？　まだ九時前だぞ」

『違うの。これから、まだ腹の括れてない男に喝を入れなきゃだから』

「悪いな、正志《ただし》くんまで巻き込んじゃって」

『謝らないでよ。彼も、もう家族なんだから』

娘は『金婚式、絶対成功させようね』と語気強く告げ、通話を切った。

携帯電話を畳んだ俺が会議室に足先を向けると、扉から大量の刑事が流れだしてきたところだった。どうやら、娘との通話中に朝礼は終わっていたらしい。

人混みの中に、愛すべき後輩、冬児の姿を見た。キノコじみた頭をした先輩に声をかけられている。俺は彼らの話が終わるのをじっくり待ってから、冬児に近付いた。

「おうい、冬児」

俺の声に冬児は一息整えてから、「朝礼、もう終わりましたよ」とこちらを向いた。正義の味方にふさわしい、綺麗な瞳が俺を捉えていた。

＊

川崎駅に着くと、俺たちはアゼリアに直行した。「腹が減った」と俺がごねると、冬児は「捜査する気ないんですか？」と言いながらも、六個入りのたこ焼きを二パック、買ってきてくれた。ひとつは俺の好きなマヨネーズがたくさんかかっていて、思わず冬児の脇を肘で小突いてしまう。
「冬児くん、わかってるねえ」

「まあ、ずっと後ろくっついてきましたから」

なんだかやけに素直な冬児を隣に置いて、さりげなく惣菜馳走の休憩所に陣取ると、ジャケットの内側がわずかに震えを帯びた。

「すまん、ちょっとトイレ」

俺は小走りで冬児から離れ、携帯電話を耳に当てた。

『お父さん。今どこ？』

「今さっきアゼリアに着いた。そっちの動きはどうだ？」

『そろそろ会議始まるみたい。あと、芽吹さんはやっぱりこっちの会議に出るらしいから、病院の警備は手薄になってるはずだよ』

「よし、あとはタマ次第か……。とりあえず、このままバレないようにな」

『うん、お父さんもね。それじゃ……あれ、近寺さ――ぎゃっ』

短い悲鳴とともに通話が切れた。娘の状況も気になるが、聞こえてきたのは親父が目にかけていた女性の名前だ。きっと大丈夫だろうと信じ、三番出口に鎮座まします銀色のモニュメントを流し見て、冬児の隣にすっぽりおさまる。

「友愛、ね」

「なんですか、急に？」

「いや、親父が好きだった言葉が急に頭をよぎってな」

親父には友人が多くいた。それはもう夥《おびただ》しい数だ。東北の田舎町から身ひとつで川崎にやってきた親父は、電気工事士として働きはじめ、明朗な性格からすぐに町に溶け込んだ。幼い頃、様々な人間が家を訪れていたことを、俺は今でも鮮明に覚えている。スーツの人間に作業着の人間、飲み屋の女将さんに寿司屋の大将。時には、腕に墨の入った男や、襟に金の記章を着けた者もいた。母は苦労したことだろう。親父は連日のように彼らと酒を酌み交わし、声高に笑い続けた。

俺が家を出てから数年後、親父は四十五歳になると太い縁故を活かして川崎商工会議所で働きはじめた。中小企業振興部の川崎駅周辺再開発特別委員会に勤め、気が付けば常議員にも名を連ねていた。

その広い顔の裏側には川崎の街並みが透けて見えるようであり、だから俺は、親父がよくわからない地下組織や、多摩川在住の紳士たちと仲良くしているのも、なんら不思議に思わなかった。

しかし、親父がアゼリアの地下に巣食う連中と共有していた秘密を知った時は、さすがに腰を抜かした。親父の死後、遺品整理のために押し入れの奥深くから掘り出した日記帳。そこに、幼い日に何度も聞かされた親父の武勇伝が、酔っぱらいの戯言だと思っていたあの与太話が、真実として記されていたのだ。

あそこに立つ友愛のモニュメントの下に、その秘密が眠っている。そう考えると、胸の奥のほうが絞られるような気持ちになる。

「おい、そこの」

不意に投げつけられた声で我に返る。

眼前には三人の男が立っていた。

「地下連盟《ソッテラネア》になにか用か？」

俺はすぐに、多摩川第三帝国のやつらだと理解した。親父が可愛がっていた尾長青年が俺をしかと見据えていた。こうしてみると不良にしか見えないのだが、おそらく根は清いやつなのだろう。いや、ほんと、不良にしか見えないけれど。

俺は冬児と尾長青年の間に、「まあまあ」と割って入り、事を荒立てないように取り計らった。ここでいざこざを起こされてはたまらない。

去っていく彼の背に、躊躇いがちに手を伸ばす冬児の肩を叩く。振り向いた冬児の瞳は「追わなくていいんですか？」と無言で俺に問いかけているようだった。

けれど、俺に彼らを追う理由も、資格もない。

「俺は警察官失格だな」

一年半前、彼らに手紙を渡した時から、俺は正義に背いているのだ。

＊

昼過ぎの海島バスターミナル。どうやら冬児は、駅前に電柱がないことが気にかかったらしい。街並みをなぞるように人差し指を宙で動かし、ぼうっとした目で空を眺めている。

「どうした、冬児」

「ああ、いや、なんでも」

俺は気まぐれに、親父からさんざ聞かされた川崎駅前の歴史について語り聞かせた。

「へえ。豊さん、ずいぶんと詳しいですね」

「受け売りだよ、受け売り」

目を細めて感心する冬児は、やけに素直だ。いつもなら「また嘘言って」なんて口を尖らせそうなものだが、今日に限ってそんな素振りはない。なにかいいことでもあったのか、などと詮索していると、再び胸元で携帯電話が騒いだ。

「っと、すまねえ。娘からだ」

言って、俺は声の届かないところまで歩いてから通話に出る。

「俺だ」

『お父さん、タマ、タマ来たよ。ちゃんと鍵咥えてきた！』

「おお、本当か！」

『本当、お利口さんだよ、あの子。でも、なにかに怯えて逃げちゃったから、ちょっと捕まえるの手伝ってもらえないかな』

「手伝うったって、時間的に厳しいだろう」

俺は手帳を開き、裕子と綿密に練ったスケジュールを確認した。この時間、地下では連盟の重役会議が行われており、ほかの構成員は出払っている。この機を逸すれば地下の警備は厚くなり、忍び込むのが難しくなる。

裕子もそれに考えが及んだのか、『ああ、そうだよねぇ』と嘆息した。

「難しいとは思うが、裕子ひとりでなんとかならないか」

『なんとかって——あ、そうだ、相棒さんは？』

裕子の弾んだ声がスピーカーを揺らす。

「相棒？」

『そう、冬児くん、だっけ？』

俺は首をゆっくり回した。午後の陽射しに照らされながら、缶コーヒーを啜る冬児の姿が目に入る。そして、とっさに自問した。

俺はあいつまで巻き込むのか？

『どうするの』

裕子が問うてくる。

「俺は――……」

それから二、三言交わし、通話を切った。

俺は冬児のほうに向き直り、揺らぐ心を押さえ込むように視界を細めた。

「待たせたな。もう一度聞き込み行くか」

＊

裕子と落ち合ってからの導線を確認しながら、階段を下りる。後ろから冬児があれこれ言ってきてはいたが、それどころではなかったので適当に流した。

あいつもあれで話したがりなところが、存外可愛くはあるのだが。

「豊さん、次はどこへ行きますか」

「そうだな、チッタデッラにでも行くかぁ――」

と、行く気もない目的地を告げながら、時間を確認するために携帯電話を取り出した。その時、同時に親父の遺品がひとつ零れ落ちた。足元に転がるそれに手を伸ばす冬児を「触るな！」と刺すような言葉で制してから、後悔する。

「す、すみません」

「いや、こっちこそ、すまん」

俺はタイルの上に転がったカセットテープを拾い上げ、「これ、預かりものでな。大切なものなんだ」と急いで表情を繕った。

「……そうだったんですか」

上背のある身体を縮こまらせる冬児を見て、俺の胸はぎゅっと締められた。悪いことをした。いや、これからもっと悪いことをするのだが、申し訳ない気持ちに駆られたことには違いない。

「いきなり怒鳴ってすまない。俺は警察官失格だな」

「やめてくださいよ、陰気臭い」

「いや、これまたすまない。娘は、明るいんだがな」

自嘲気味な笑みを浮かべたことを悔いながら歩く。カセットテープをしまい込んだ胸の内は、もちろん重い。俺は身体を引き摺るようにして前へ進んだ。

サンライト広場に着くと、カードカウンターが見えてくる。カウンターの中にいる裕子は明らかに挙動不審で、忙しない。俺を視界の真ん中に捉えると、口を卵型に開け、勢い任せにがばりと飛び出してくる始末だ。

「おまわりさん、ちょうどいいところに」

妙な抑揚の声に、「はい、なんでしょう」と俺は冷静を装った。

多少上擦った気もするが、たぶんいつもどおりの声だ。

「犬が地下街をうろうろしているらしくて、捕獲するの手伝ってくれませんか?」

「おお、それは大変だ。冬児、手伝ってやろう」

俺が答えると、裕子は一瞬だけ表情を崩して、それからお辞儀するように顔を伏せた。よくもまあ、そんな胆力で「ここは一発芝居を打とう!」と持ちかけてきたことだ。俺だっておまえの大根役者ぶりに笑いたいのを堪えているというのに。

「豊さん、僕たちは便利屋じゃないですよ。迷い犬を探している暇はありません」

案の定渋る冬児を、乾燥肉の賄賂で籠絡しようと試みる裕子を見ながら、もうやり切るしかないと俺も加勢する。

「冬児、いいじゃないか。捜査も行き詰まっていたことだし、ここからは手分けして犬を探しつつ、聞き込みを続けよう」

「豊さん、そんな勝手に」

「捜査経済を考えろ、課長がよく言ってるだろ。事件ごとに見合う手間や労力ってもんがあるんだ。おまえだって今朝言ってたじゃないか、異臭騒ぎは手間と労力をかけてまで捜査すべき案件でないって。正直、俺もそう思うよ。同時に犬探しもしたほうが、よっぽど経済貢献できるとは思わないか？」

「そう言われれば、そう、ですかね」

しめた！　俺は一気呵成に話をまとめ上げにかかる。

「そうなんだよ。というわけなので、お嬢さん、お受けしますよ」

「よかった！　それじゃ、お願いしますね。その犬、鍵を咥えているので、鍵もお願いします」

「鍵？」

「はい、仕事で使うんです。なんなら、鍵だけ持ってくるでもかまいません」

裕子は言って、タマと鍵の特徴が記された紙を冬児の手に握らせた。あまりに強引である。また、急ごしらえのためか、端に添えられたタマの似顔絵もあまりに稚拙で、俺は思わず吹き出してしまった。

「豊さん、失礼ですよ」

「いや、すまん」

「絵が下手ですみませんね。私のこれは、親譲りなもので」

裕子は厳しい視線で俺を切った。「何を言うか、お父さんは小学生の時、校内コンクールで銀賞を獲ったことがある！」と反論したい気持ちを抑えて、裕子と冬児のやり取りを見守った。そうして、なんとか冬児の口から言質をとることに成功したのだ。

「よっしゃ！」

顔を赤らめ、しずしずとカウンター内に戻っていく裕子を見て、正直に育ちすぎてしまったきらいがあるな、と我が家の教育方針を省みた。

サンライト広場から中央正面入口に向かう最中、「豊さん」と声をかけてきた冬児は、「彼女は、なぜ我々が警察官とわかったのか」と鋭い指摘を投げかけてきた。

「制服ならまだしも、ぼくらはスーツ姿です。なのに、いきなりおまわりさんって声かけますかね、普通」

至極もっともな意見だ。粗だらけの計画を突かれるようで、耳が痛い。

痛む耳を押さえながら「朝からここで聞き込みしてたからだろ」と口から出まかせを言うが、冬児は「それは、まあ、ありそうですね」と納得してくれた様子だった。

俺は「冬児くんの推理力もまだまだだね」と無理くり笑ってみせたが、やはりこいつの鋭さは侮れない。

「でもやっぱり、おまえは正義の味方に向いてるよ」

俺は心からそう思い、冬児の肩に手を置いた。

＊

捜査経済に従うという名目のもと、冬児と別れた俺は川崎市立病院まで走っていた。実に非経済的な行動だ。課長に知れたら大目玉を食らうだろう。

駅から病院まで、おおよそ一キロちょっと。ビールで凝り固まった腹回りが上下に揺れ動き、額にはオヤジ特有の粘度の高い汗が染みている。それでも走る速度が落ちなかったのは、警察官として日頃から武道に取り組んでいるからだろう。

正義の味方は息切れなんかしないんだ。そう勢い込んで、病院の敷地内、大きなロータリーを肺に喝を入れながら駆けた。

「これをおふくろに、金刺靖枝に、届けてほしい」

ほとんどぶつかるようにして総合受付に身を預けた俺は、懐から取り出した手紙を職員に手渡した。受付の人間は融通の利かない人間のようで「あのぅ、いきなりこういうのは……」と渋っていたが、たまたま通りかかった顔見知りの看護師長が救いの手を差し伸べてくれた。

「まあ、金刺さん！　いったいどうしたんですか、そんな息を乱して」

「これをおふくろに届けに来たんです。すぐに仕事に戻らないといけないから、代わりに鏑木看護師に渡しておいてくれませんか」

「わかりました。しっかり、渡しておきます」

「ありがとうございます」

俺は一礼すると、また川崎駅まで走った。

時刻は午後二時をとうに過ぎている。あまり時間はない。

アゼリアに戻ると、中央正面入口の大階段下、「防災センター」の案内板が掲げられた細い通路に向かった。この通路を進めば、アゼリアの運営事務局にたどり着くのだが、今回の目的はそこにない。

通路の奥から、ゴミの回収カートが現れた。回収かごの上には、開業祭用に準備されたものであろう、紅白布がかけられていた。それを押すのは、もちろん我が娘、裕子である。

裕子は俺の前まで来ると、「手紙は」とやけに渋い調子で耳打ちしてきた。

「問題ない、渡してきた」

「グッジョブ、お父さん。さあ、次は地下だよ。早く隠れて」

「これ、中の掃除してあるのか？」

「そんなことしてる暇あるわけないでしょ。ほら、早く乗った乗った」

裕子は俺の襟元を掴んで、うっちゃるようにカゴの中に我が身を放り込んだ。「こういうの、高校の頃からの夢だったんだよね」と鼻息の荒い声が頭上から聞こえてくる。

「裕子、ちょっと気持ちが昂りすぎだ」

「スパイみたいで興奮してきた。ほら、もうサンライト広場に出るよ」

なかば無理やりカートに押し込められ、布を被せられた俺は、そのままアゼリア内を運ばれた。その間、鼻をつまんでいたことは言うまでもない。

少しすると、ガコンッと鈍い音がした。わずかな浮遊感が身体を襲う。きっと、エレベーターに乗り込んだのだろう。布の隙間から赤い光も射し込んできた。

「お父さん重い。痩せて。汗かいた」

「俺、そんなに重いか？」

「そんな立派なビールっ腹ぶら下げといてよく言うよ。あ、そうだ。タマだけど、念のため捜索人員増やしといたから」

「そんな簡単に見つかるのか、犬探しに付き合ってくれる奇特なやつは」

「ここは川崎だからね。ビーフジャーキー見せたらイチコロだったよ。――あ、そろそろ扉開く」

「待て、今後のやりとりも電話でいいんだよな」

「うん。休憩室と奥の変電室には電波が届かないけど、会議室はぎりぎり届くから。最悪会議室まで忍び出て電波拾って」

「おまえ、監視の人間どうするつもりだよ」

「それは自分でなんとかして。おじいちゃんとおばあちゃんのためでしょ」

ちんっと跳ねるような音がして、エレベーターの扉が開いた。

俺は急いで布を被り直し、息をひそめる。

「ゴミの回収でーす」

「裕子、今日は会議が終わるまで立ち入り禁止だって連絡したはずだけど」

「すみません。ゴミ回収したら、すぐに消えますので」

がたがたと揺れる車輪の音が心音に重なって、緊張の糸がぴんと張り詰める。

ようやくカートが静止したかと思うと、布を一気に引っぺがされた。

「ほら、はやく出る！」

香ばしい臭いのするゴミの回収カートから出ると、一気にスパイシーな林檎の香りに鼻の奥が攫われた。

なるほど、これが裕子の言ってた異臭事件の原因、水煙草の匂いか。

「会議が終わったら、芽吹さんが警備役として残るはずだから、気を付けてね」

裕子は俺の耳に顔を寄せ、小声で忠告した。

「おう、わかった。電気は点けたままでいいのか？」

「うん、たぶん、守屋さんが点けっぱなしにしたままだから。それじゃ、私は行くね。お父さん、ご武運を」

裕子は軽快に親指を立てると、足早に去っていった。

＊

取り残された俺は、半日潜むことになる狭い部屋、川崎地下連盟の休憩室を回し見た。低い天井からぶら下げられたペンダントライトが薄明かりを垂れ流している。部屋の左右には白色の扉と灰色の扉があり、白いほうが今抜けてきた会議室、灰色のほうが秘密の変電室につながっている。

「とりあえずは、一段落か」

俺は隠れ蓑代わりの紅白布から一度抜け出し、灰色のドアノブにそっと手をかけてみた。もちろんノブを回しても扉は開かない。そこまでセキュリティは甘くない。鍵はあとで裕子が持ってきてくれる。晩年、暇を持て余した親父にあらゆる芸を仕込まれたタマが多摩川の河川敷から鍵を盗み出し、裕子がそれを受け取る手筈だ。

「がんばれよー、タマ」

俺は再び紅白布にくるまり、ジャケットの内側からカセットテープを取り出した。カセットテープの表面には大きく「処分」の文字が記されている。

これも親父の部屋の押し入れの奥深くから発掘したものだ。

俺がこれを発掘することになったキッカケは、親父からの手紙にある。それは、俺が親父からもらった初めての手紙でもあった。中身はくだらない冗談と金の話に埋め尽くされていて終始辟易としたが、結びの少し上に『押し入れの奥のものを処分しておいてくれ』とさりげなく記載されていたのを見逃さなかった。

俺は「アダルトなものでも隠していたのか、このむっつりじじいめ」なんてほくそ笑んでいたが、出てきたのはまったく見当違いのものだった。

押し入れの奥には、ひと箱のダンボールがあった。中には、色褪せた日記帳と幾通かの封筒、イタリア語教本、そして一本のカセットテープが乱雑に詰められていた。

あの時、なにがしかの勘が働いたのだろう、俺はそれらを処分する前に見ておかなければならない気に駆られて、ひとつひとつを手に取った。

日記帳には親父の為してきたこと、この町の秘密が記されていて、封筒には、目をかけていた人たちへの遺書が封じられていた。

カセットテープだけは最初の数秒しか聞くことが叶わなかった。親父が語る最初の数言で、これは息子であっても安易に聞いていいものではないと、出来の悪い俺でも理解できたからだ。

一通り確認したあと、俺は親父の言うとおりそれらを闇に葬ろうとした。しかし、日記の各所に書き込まれた「タラレバ」に、俺の身体は言うことを聞いてはくれなかった。

俺の記憶の中の親父は、後悔を知らない男だった。後悔とは無縁で、タラもレバも、食べ物のそれしか知らないような男だと思っていた。

「豊、後悔のない生き方をしろよ」

高校を卒業し、俺が実家を出る際、親父はたしかにそう言った。

あの時は「なにを上から」と思っていたが、実際は違ったのだ。

親父は、誰よりも人生に「タラ」や「レバ」を貼り付けていた男だった。

あの時、これを言っていたら、こう伝えていれば。

そんな言葉ばかりが並ぶ日記を見て、決意した。

この日記も、手紙も、カセットテープも、このまま捨ててやるものかと。

俺はカセットテープをそっとジャケットの内側に戻し、今度は親父からの手紙を取り出した。何度も読み返したせいで皺が寄っているが、青いインクで大きく書かれた言葉は決して滲むことがない。

『もう悪戯するなよ、豊』

結びの一文に、俺は身の内にある反抗期の残滓を掻き集め、息をした。

ごめん、親父。これが最後の悪戯だ。

親父は体裁を気にする人だった。周囲から自分がどう見られているかを第一に考えるから、よく見栄を張っていた。張った見栄が嘘にならないよう、裏で駆けずり回る人でもあった。

「いにさんの見栄は張りが強いから、家計を圧迫することもあったのよ」

父の葬儀の時、母は笑って語った。

俺も「どうしようもねえ親父だ」と合わせて笑った。

＊

俺が四歳の頃の話だ。父は体面を保つために、行きつけの飲み屋で大きな買い物をすることになる。

一九七〇年代、空前のマイカーブームの真っ只中だということもあり、大人連中はその日も車の話ばかりしていた。もちろん俺は幼かったし、話の内容なんてほとんど記憶にないけれど、おっちゃん連中に「豊ちゃんも車好きかい」としきりに尋ねられたことだけはよく覚えている。迷いなく「嫌い」と答えたこともだ。この頃の俺は三半規管が弱く、バスなんかに乗るとすぐに吐き気を催していた。

「豊ちゃんは嫌いなんか」「めずらしいのお」「そのうち好きなるで」

おっちゃん連中は酒臭い息を吐いてからかった。親父は居心地が悪そうに愛想笑いを浮かべ、安い二級酒を静かに舐めていた。

その隣に座る恰幅のいい男が含み笑いをひとつした。「男の子が車嫌いなもんか。ジンさん家には、まだ車がないもんだから、遠慮してるんだ」と。

親父は彼の言葉に、一瞬眉根をきつく寄せ、お猪口を煽った。

それから大袈裟に破顔して、こう言ったのだ。

「なにを言うか。うちも来月納車だよ」

「本当かい⁉」

「ああ、ホンダの新車だぞ。いかすクーペボディだ」

俺はその時、本当に車を買う予定があったのだと思っていた。けれど、あれは自分の面子を取り繕うために張った見栄だったのだろう。

のちに日記を読んで知ったことだが、この時に車を買ったせいで、母が行きたいと言っていたイタリア旅行には行けなくなってしまったらしい。電気工事の仕事では、マイカー購入と海外旅行を同時期に実現するのは経済的に難しかったのだろう。商工会議所に勤めはじめてからは、経済的な余裕も生まれたようだったが、その頃にはすでに、母の身体は悪くなっていた。

親父はそうやって生きてきた。周囲の人間から下に見られることのないよう、常になにかを捨てて生きてきた。言葉もそうだった。故郷《くに》の言葉をすぐに捨て、積極的にこちらの言葉を使おうとしていた。田舎者だと舐められないためにだろう。

それでも、気持ちが昂ると故郷の言葉が口から突いて出てしまうもんだから、親父はそういう時、自分を叱りつけるように唇を噛んだ。

家庭こそ捨てなかったが、蔑ろにはしていたと思う。今俺がこうして家族第一で生きているのも、親父の背を反面教師にしてきたからだ。

そんな人だったから、親父は面子を保つため、俺にもさまざまなことを強要した。「男は強くなきゃいかん」「正しくないといかん」「悪戯をしちゃいかん」

俺はそれが嫌だった。だから習い事の空手はよくサボったし、屁理屈ばかり並べ立て、こまい悪戯ばかり行った。おかげで、親父との仲は最悪だった。

今にして思えば、それらは親父が持っていなかったものだったと理解している。親父は態度こそでかかったが、腕っぷしは弱かったし、正しさよりも見栄を取る男だった。晒した見栄を真にするために卑怯な策を練ることも間々あって、そんな自分を恥じていたのかもしれない。

親父は、強くて、正しくて、悪戯とは無縁なモノが好きだった。しかし、そのわりには自分はなれないものだから、そういったものを忌避してもいた。

強くあれ、正しくあれ、悪戯しない人間になれ。

口ではそう言うくせに、俺がそういったモノに寄るのも嫌った。

たとえば俺が戦隊ヒーローのテレビ番組を見ているとすぐに寄ってきて、

「こだな完璧な人間おらん」

と、親父は勝手にチャンネルを変えたりした。

親が子に負けるようなことがあってはいけない。子に越される親は情けない。

そんなことでも考えていたのだろう。見栄っ張りで、天邪鬼な人だったのだ。

だから、俺は、あえて正義の味方を目指した。当時の俺は、親父の嫌いなものであればなんでも好きになるほど、親父を嫌っていたのだ。

親父が手を伸ばしてもなれないモノになる。そういう邪な気持ちを抱いて、俺は警察官になった。

俺が警察へ任官すると知った時、親父は目をまん丸にして驚いた。まさに度肝を抜かれたという顔だった。俺はその顔が嬉しくて、「親父がやりたかった仕事だろ」と皮肉をひとつ、言ってやった。昔の俺は、そういう人間だった。

親父はしばし目を丸くしていた。かと思えば、次の瞬間にはなにかを抑えるように身体を震わせ、ぽつりと漏らした。

「おめはエゴイスタさ」

「エゴイスタ？」

俺が聞き返すと、親父は「自分の考えを押し通す人間のことだ」と言って、目元を隠した。

「おめはそうやって生きていけ」

洟を啜った親父は、ティッシュを数枚だけ取って、家を飛び出した。母も静かに笑うだけで、親父を追いかけはしなかった。

当時の俺は親父の言葉をエゴイストの間違いだと嗤っていたが、イタリアの言葉ではエゴイスタと言うらしいのを、のちに親父の遺品のひとつ、初級イタリア語教本で知ることになる。

あの時の俺は、言葉の意味を理解できなかったように、親父の気持ちもまた、理解できてはいなかったのだ。

鍵の病院

「おうい、秀坊《ひでぼう》」

がたごとと車体が軋む音。そこに混じる歪みのない声が、まどろみの底を打った。

耳の奥でころころと転がる声に、眠気をぶら下げた瞼を開けば、こんがりと日に焼けた彼の右腕が私の右腕を揺らしていた。

「はよう、こっちこい」

有無を言わさず座席から引き剥がされた私は、そのまま窓枠に顎を乗せられた。

「見ろ。東京さ」

当時、まだ十五の少年だった仁さんは嬉しそうに窓の外を指さした。そこには、故郷の背景を構成していたなだらかな稜線とは異なる、コンクリートビルディングの刺々した輪郭が広がっていた。

宮城県の片田舎で生まれ育った私と仁さんは、一九六〇年、石炭の香る集団就職の波に乗って上京した。仁さんは、幼い頃より村一番の快男児で、故郷を離れるというのにまるで怖気づく様子もなく、十二の私にはそれがとても頼もしく見えた。

「秀坊、迷ったらおいの背中についてこい」

上野駅に降り立った際に彼がかけてくれた言葉が、臆病な私の道標となった。

早くに親を亡くし、村の誰よりも若い年齢で故郷を離れることになった私のことを彼はとても気にかけてくれていた。

「これからはエレクトロニクスの時代だ」と彼が指を突き立てれば、電気工事士になり、「川崎にいい仕事がある」と聞かされればついていき、「あの馬は絶対に当たる」と彼が馬券を買えば、私も真似してそれを買った。「意中の女には素っ気なくしたほうがうまくいく」と彼が公言した際には、多少逡巡したものの、次の日には私も意中の女に素っ気なく接していた。

もちろん、二人してすぐに縁を切られた。

あの日、川崎銀座で飲み交わした酒は、今生で一番情けなく、それでいて旨い酒だった。

あんなに旨い酒を飲める日は、もうないだろう。

帰り道にふたりで空に唄った坂本九の名曲も、もう歌えない。

＊

「おい、秀爺、聞こえてるか？」

「え、ああ、はい。すみません、聞こえてますよ」

カウンターを挟んだ向こうにいる青年は、野球帽のつばをいじりながら、困ったような瞳で私を見ていた。

「この鍵なら午後二時前には用意できますから、あとで取りに来てください」

「おお、ずいぶんと早いな」

「ちょうどこの前、あの鍵のスペアキーを作ったところでして、今日それが工場から二本だけ届くんですよ」

「なんだ、秀爺も倉庫使う予定あったのか」

「まあ、そうですね」

私は彼の目を見ずに頷く。

「へえ、そいつはタイミングがよかった。助かるぜ、秀爺」

「私も彼には大変お世話になりましたから。このくらいは」

私が首を曲げると、尾長さんは「あれ、秀爺、今日はラジオ聞いてないのか？」と狭い店内を覗き込むようにして言った。

私はラジカセが壊れてしまった旨を伝え、カセットテープを摘まみ上げる。

「おかげで、今日聴きたかったカセットも聞けそうになくて、残念です」

「よし、なら俺たちが代金代わりにラジカセ手に入れてくるよ」

「いや、それは悪いですよ」

「いいって、いつも世話になってるし。それじゃ、昼過ぎにまた来るよ」

言って、尾長さんは上背のある外国人と、妙にしゃっきりとした格好の木宮さんを連れて遠のいていった。


昼過ぎ。届いた鍵を受け取り食後のコーヒーを啜っていると、店先を茶色い毛玉が通り過ぎていった。もしや、あれは仁さんのところの、と思ったが、私はそれを見送ることしかできなかった。

私なんかが、あの人の飼い犬を捕まえたところで、どうにもならない。

俯き、弁当ガラを片付けていると、つむじに声が落ちてきた。

「やあ、ミスター秀」

顔を上げると、一年前から多摩川で暮らしはじめたという外国の方が立っていた。

手にはビーフジャーキーの袋が握られており、首筋には縷々《るる》として汗が伝っている。

「さっき、ここらへんを犬が通らなかったかい」

「ええ、見ましたけど」

「グッドタイミング。こういうの、犬も歩けば棒に当たるっていうんだろう？」

「はあ、どうでしょうか」

「それで、その子はどっちに行ったの？」

「さっき、あっちのほうに走っていきましたけど。あの、どうかされたんですか？」

「いや、なに。ちょっとしくじってね。やっぱり火薬の匂いはどの生き物にも攻撃的に香るらしい。ミスター秀の林檎のパフュームを借りておけばよかったよ。この前、一日だけつけてたやつ」

「あなた、どこまで知っているんですか？」

「なにをだい？」

「いえ……なにも」

「そう。なら僕はもう行くね」

彼は長い腕でカウンター越しに私の肩を叩くと、「ありがとう。これでヒーローの手助けができる」とタマの駆けたほうにひょこひょこと歩いて行った。

いったい、何事だろう。もしかしたら、今、私の足の下で会議を繰り広げているみなさんの計画の邪魔になるようなことが起きているのだろうか。

そう思いはすれど、結局、私は彼の背中を見送ることしかできなかった。

本当に、私はどうしようもない人間だ。

私はもう、なににも関与しないほうがいいのだ。

「秀爺、元気か」

「ああ、尾長さん。あれ、それは」

少しして現れた尾長さんの肩にラジカセが乗っていることに気が付いた。赤と白の配色は眩しく、暗がりを生きてきた私にはおおよそもったいない。

「ラジカセだ。運よく手に入ってな。受け取ってくれ」

「ありがとうございます。あの、これ、本当にいただいても？」

「当たり前だろ。秀爺にはいつも世話になってるからな。感謝の気持ちだ」

私は喉の奥がキュッと締まる想いがして、口元を歪ませた。吐き出せなかった感情が、今度は目の奥をじわりと温める。「それじゃあ」と、カウンター下から鍵を取り出した時には、もう決意は固まっていた。

「お、届いたのか。まだ一時半だってのに」

「替えはありませんから、大切に扱ってください」

二本しかない鍵の一本を尾長さんに渡す。私は手中にあるもう一本の鍵を握り締め、「本当に、申し訳ない」と、地下にいるみなさんに許しを請うた。

でも、これでいいはずだ。彼らに鍵は渡さない。

渡さなければ、彼と私の秘密が掘り起こされることもない。

気が付けば、私は河川敷の倉庫に来ていた。手にした鍵で扉を開け、暗がりの中に足を踏み入れる。倉庫の中には、尾長さんたちに頼まれて用意したものが多く眠っていた。

彼らが花火を上げるくらいなら、彼も笑って許してくれるだろう。

私はラジカセを床に置き、坂本九の『上を向いて歩こう』を流して、そのまま膝を抱え込んだ。床からひんやりと冷たい感触が体中に延び、しばらくすると尻の内側に霜が立ったような気分になった。

「仁さん、冷たくて、真っ暗だよ。どこを見ても」

三十年前、彼の背中から遠ざかってから、私にはなにも見えていない。

＊

その日、私と仁さんは川崎駅から新川通沿いに十分ほど歩いた場所にある、行きつけの喫茶店にいた。日はてっぺんから落ちたところで揺らいでいて、昼というには老いていて、夜と呼ぶには若い時間だった。

私は窓の向こう、川崎市立病院のあるほうを眺め、コーヒーを啜っていた。委託を受け配線工事を担当していた商業施設、「川崎アゼリア」が本日無事に開業し、工事担当者である我々も気を休める時期だったのだが、いかんせん、私的な重大事を抱えており、窓ガラスに映る表情は明るくない。

店先の可愛らしい黄色い看板だけが光に照らされて明々と発色していた。

「秀坊、なにがあっても立ち会いに行けよ」

言いながら、仁さんは缶コーヒーのプルタブに指をかける。

「嫁さんが腹痛めて産んでくれるんだ。必ず傍にいてやれ。人生の先輩からの教えだ」

私が「はい」と答えると、彼は満足した顔で指を引き上げた。缶から窒素の抜ける小気味いい音がして、カウンターからはマスターの困った声が飛んでくる。

「仁さぁん、素知らぬ顔で缶コーヒー飲まないでよ。うち、喫茶店だよ？」

「なんだぁ、けちけちすんなよ。コーヒー一杯頼んだところで儲からないんだろ？」

「そういう話じゃないの」

「じゃあ、適当になんか見繕ってくれや」

「呆れた男だよ、本当。サンドイッチでいいね」

「おう、こつこつやるやつぁ、ご苦労さんってなもんだ」

オーナーは呆れ顔を左右に振りながら、冷蔵庫からハムとレタスを取り出した。

二十一で結婚した仁さんはすでに四十一になっており、この日が結婚二十周年であった。息子さんも、この頃にはすでに家を出ていたと聞いている。

対して、彼から十数年遅れて人生の伴侶を得た私は、四十ふたつ手前の年齢で、ようやく初子に恵まれようとしていた。

「おう、秀坊。第一印象は大切にしろよ。明るい感じでいけ。俺みたいに嫌われたくないならな」

「そんなに仲悪いんですか、息子さんと」

「仲が悪いというか俺が叱ってばかりというか、まあ、いろいろだ」

「いろいろですか」

ジャケットの内側から煙草を取り出した仁さんは、私の顔を見て「いろいろだよ」と呟いて、結局一本も口に咥えずにそれを懐に戻した。

「仁さんも今日はいつもより明るい印象ですね」

「ああ。実はな、さっきちょっと買い物をしてきたんだよ」

仁さんは懐に再び分厚い腕を差し入れると、今度はベロア素材の黒い箱を手のひらに乗せ、それを開いた。

中には、白金《プラチナ》の輝きが一輪、入っていた。

「なんですか、それ」

「プロポーズしようと思ってな」

「誰にです？」

「嫁以外いるか、阿呆」

「でも、もう結婚してるじゃないですか」

私が眉を顰めると、「結婚だけ、してるんだ」と仁さんは困ったような笑顔を作った。

「靖枝と一緒になる時、俺はどうにも気恥ずかしさに勝てなくてな、プロポーズらしいことをなにもしてやれなかったんだよ。そのうち、そのうちって言ってたら、気が付けばもう二十年経ってた」

仁さんはリングケースを懐に戻すと、コーヒーを一気に飲み干した。

「だから、もう遅いかもしれないけどよ、結婚二十周年を迎える今日、指輪を渡して、ちゃんと伝えようと思うんだ」

日に焼けた顔でもわかるくらい真っ赤になった仁さんは、これから自分で言うのにも拘らず、「靖枝には絶対言うなよ」と私に何度も釘を刺した。

そこから昔話に浸り、仁さんの気恥ずかしさも落ち着きはじめた頃、不意に刺々しいベルの音が店内に反響した。私がそれを電話機の着信音だと気が付く頃には、お湯を沸かしていたマスターがすでに受話器を耳に当てていた。

「いまだに慣れねえな。あの電子音、苦手ですよね」

「仁さんは、ずうっと電話の音、苦手ですよね」

一年前に通信事業が民営化されてから、いたるところで電話機を見るようになった。それも丸っこい黒電話ではなく、流線形のいかにも洒落た電話ばかりだ。

「電話なんて、田舎の誰が死んだだの、ツケの支払いがまだだの、ろくでもないことしか運んでこない。好きになるほうが難しい」

仁さんが天井に息を吐いたところで、「仁さん、あんたの職場から電話」とマスターが呼びつけた。最新鋭のコードレス電話機を見せびらかすように、むやみに頭の上で振っている。

「ほうら、言ったとおりだ」

仁さんは立ち上がるとおっかなびっくり電話を受け取り、操作方法をマスターに確認してから電話に出た。「すぐ出るんだから、わざわざ保留なんかするなよ」と愚痴も欠かさない。

「はい、金剌ですが。あー、部長、お疲れさまです。はい。はい。なるほど、守屋さんから。本当ですか。あー、そいつはたしかに困りましたねえ」

仁さんは送話口を押さえながら、「アゼリアだ」と口の形だけで言った。

「たぶん変電室のなにかでしょうね。はい。いや、開店初日に停電はまずいでしょう。あそこだけはほかの人間入れる訳にも行きませんし。はい。自分が行きますよ。いや、ひとりで行きます。あいつは、はい、今日は、ちょっと――」

傍まで来た私の存在に気が付いた彼は、あっち行け、と手で追い払おうとしてくる。私は声を出さずに「大丈夫です。行きます」と口を作るが、仁さんは取り合おうとしてくれない。

痺れを切らした私は、「仁さん、ここにいたんですか」と送話口に発語した。

もちろん、仁さんの表情は渋く歪んだ。

「……はい、たった今、偶然店に来ました。はい。連れていきます」

仁さんは電話が切れたことを確認すると、綺麗な電話機をマスターに投げて渡し、「秀坊、おまえは本当に」と頭を掻いた。

「仁さんもこのあと大切な用事があるんでしょう？　なら、二人でやったほうが早いですよ」

「わかったよ。強情っぱりめ」

仁さんはどこか嬉しそうな、それでいて困ったような顔つきでジャケットを正し、出口扉に手をかけた。そして、大きな背中越しにこう言ったのだ。

「早く片付けて、互いに最高の日にしよう」

店の外に出ると、日はさっきよりも傾いていた。可愛らしい黄色い看板も日の角度のせいか、やけに暗く落ち込んでいる。

大丈夫、ふたりでやれば、すぐに終わる。

私は、いつものように彼の背を追った。

＊

「電力の供給が午後から安定しなくてね、頼んだよ」

「任せてください」

当時、アゼリアの事業責任者だった守屋さんにマグネットキーを借り、私たちは歩を進めた。開店初日のアゼリアは大盛況で、人の熱気にのぼせそうになる。

ふたりしてエレベーターに乗り込み、地下へ潜った。「断路器か遮断器か、はたまた負荷開閉器か」と問題の所在を検討しながら、作業着の襟を正す。

エレベーターが開くと、まだ埃の臭いもしない、真新しい打ちっ放しのコンクリート壁が表情ひとつ変えず私たちを迎え入れた。変電室からも、いつもどおり配電設備の低い唸り声が漏れ聞こえている。

川崎湾岸部の火力発電所から送られてきた電気は、超高圧変電所で十五万四千ボルトに変換される。その後、一次変電所で六万六千ボルトまで下げられ、各地の配電用変電所に届けられる。この奥の空間は、その枠組みで言えば配電用変電所にあたる。配電用変電所の変電設備は、基本屋外に設置される。都心部など、地価が高い地域では屋内や地下に設置されることもあるのだが、その建造費は非常に高い。火災防止のため特別に不燃化、難燃化の処理を施された配線を使用するためだ。

つまり、扉の向こうに広がる空間は、近隣の都市との競争に負けないためにわざわざ莫大な税金を費やして作られた上等な心臓であり、言い換えれば、この町の弱点でもあるのだ。

「電話で聞いた感じ、大事ではねえとは思うんだが」

変電室の扉を開けながら、仁さんは言った。いつものように軽く笑い飛ばすような雰囲気はなく、いくらかの願望が詰め込まれた、どこか下がり調子の声色だった。

「大丈夫ですよ、きっと」

私は気丈に笑ってみせた。

しかし、次の瞬間には咽頭に熱を感じ、噎せ込んだ。「なんだ、この暑さは」と目の前の膨張した空気を払うよう、仁さんも顔の前で手を大振りする。

変電室の中は、真夏の太陽を喰らったかのように熱を帯びていた。

「てめぇのでけぇ面が汗ばんで見えるぜ」

ずんぐりとした金属箱――箱と言っても二トントラックよりも大きい――の前に駆け寄り、仁さんは首を鳴らした。川崎駅周辺の電力供給の元締め、特別高圧受配電設備はぶぅんと無愛想な声で鳴き、私たちのことを見下ろしている。

隣に設置された緊急事態用無線発信機も赤いランプをちかちかと瞬かせ、不安を煽ってくる。

「かろうじて変電設備は生きてるな」

計器類を確認しながら、仁さんは額の汗を拭った。

「この暑さ、やはり空調設備でしょうか……」

「だろうな。とっとと見に行くぞ」

変電室は部屋の温度が四十度前後で稼働するよう想定されている。一般的には高い温度ではあるが、これだけ多くの電子機器が休まず動いていればそんな温度はすぐに超える。あまりにも室温が高くなれば、変電設備も音を上げてしまうため、変電室内は空調設備によって絶えず冷やされている。

ここの変電設備が動きを止めれば、アゼリア館内だけでなく、駅周辺への電力供給が止まってしまうのだ。それだけは避けなくてはならない。

「犯人は焼け死んじまってるな」

　仁さんは床置き空調機の手前を指さした。

　ケミクリート加工の床には、ネズミの死骸がひとつ、転がっていた。

「こいつがエアコンの配線を齧ったんだろ」

「仁さん、すみません。空調機の管理は私だったのに」

「おまえのせいじゃねえ。悪いのは防鼠《ぼうそ》ビニルをケチった上の人間だ。この町がネズミの楽園だってことを知らなかったんだろ」

　呆れ顔で笑った仁さんは、首の骨を二回ほど鳴らしてから、続けて言った。

「よし、秀坊、おまえはもう帰れ」

「ちょ、ちょっと待ってください。それはできませんよ。この薄暗がりじゃ欠損した配線部を探すのにだって時間がかかりますし。それに、再配線後の設備確認をひとりでこなしていたら約束の時間に――」

「いいから、早く帰れ」

「でも……」

「何度も言わせるな。子どもはいつ生まれてくるかわかんねえ。嫁さんもひとりで心細いはずだ」

「それを言ったら、仁さんだって」

「プロポーズはまたできる。だから、おまえは行け」

「でも……」

「俺の言葉が信じられねえか⁉」

仁さんの大きな背中がゆっくりと上下した。

彼の肺から抜けた熱い空気が、変電室の中に溶けていく。

「大丈夫。なんとかするさ」

彼は気丈に言った。私はその言葉に縋りつくようにして暗い変電室をあとにした。

今にして思えば、彼が言ったあの言葉は自身に言い聞かせていたのだと思う。

その日、私は無事、第一子の誕生に立ち会うことができた。結局、第一印象は悪かったらしく、息子との関係は芳しくない。

後日、詫びを入れようと靖枝さんを訪ねた。あの日はどうなったのかと聞くと、仁さんはだいぶ遅刻してきたが、代わりに薔薇の花束を渡してくれたと喜んでいた。もちろん、彼女の指には白金のリングは着いておらず、私はそれ以上、何も言うことができなかった。

一九八六年の十月一日、私と仁さんにとって人生で最良の日になるはずだった。

私があの時残っていたら、私が自分の担当箇所をしっかりと点検していれば。

あの日から、私は影の中にいる。

以降、私は罪滅ぼしと称し、彼が飲みの席でぽろっと零す細々《こまごま》した愚痴を拾い上げ、解決策の提供に奔走した。時には筏なんかも作り、彼らの夫婦仲を取り持とうと転げまわった。きっとそうして許されようとしていたのだと、今にして思う。

＊

そうした卑怯な私の元に守屋さんが訊ねてきたのは、アゼリアが開業して七年目の夏のことだ。

私は二年前に電気工事士を辞め、アゼリアの片隅で鍵の修理屋を営んでいた。

「やあ、秀ちゃん。元気にやってる？」

小綺麗なアロハシャツを羽織った守屋さんは、当時、商工会議所の副会頭に就任したばかりで、どこか野心的な炎を瞳の奥に湛えていた。

彼の放つ熱が恐ろしく、私は「守屋さん、私になにか？」とおっかなびっくり返すことしかできなかった。

「なに、ちょっと頼みごとがあるんだけどね」

「頼みごと、ですか」

「そうそう。頼みごと」

缶コーヒーをぐびりと呷り、「地下は冷房が効いてていいねぇ」とからから笑う彼を見て、私はきゅっと身構えた。彼の陽気な表情は、隠した本性の裏返しであることを、短くはない付き合いで知っていたからだ。

「やだなぁ、秀ちゃん。怖い顔しないでよ。難しい話じゃないんだ。そうだ、そろそろ上がりの時間でしょう。簡単に説明するから、飲みにでも行かないかい？　一杯おごるよ」

「すみません。お酒は今やめていまして」

「あら、そうなの。なら茶店に行こうか。いつものとこ」

仕事を終え、新川通り沿いの喫茶店に着くと、ＣＬＯＳＥの看板が掲げられていた。あれ、ここじゃなかったかと窓を覗くと、守屋さんの姿が見えたので、急ぎドアを押し開いた。

「やあ、来たね」

片手を挙げる守屋さんの背後では、マスターが静かに食器を拭いていた。顔は見えない。穏やかなジャズの音色がひたひたと床を這い、私を彼の前へといざなう。私はぼうっとした頭のままで、一歩二歩と踏み出した。

「さ、かけてかけて」

「失礼します」

「なにか飲むかい？　それともお腹減ったかな？」

「それじゃあ、アメリカンを一杯」

「はいはい。マスター、薄いのひとつね」

守屋さんはいつもの顔で笑うと、「さて、早速だけど」と前置きをして話しはじめた。

守屋さんの話によると、商工会議所内の川崎駅周辺再開発特別委員会において、河川敷に住むホームレスをどうするかという議題が上がったらしい。バブルが弾け、平成不況の真っただ中にあって、河川敷に身を移す労働者が増え、縄張り争い等の小競り合いが激化したためだ。

また、追い打ちをかけるように台風の襲来頻度も増加しており、ホームレス自身を取り巻く環境は悪化の一途を辿っていた。

周辺住民からの治安や衛生面での苦情も連日増え、市役所もついに看過できないと、商工会議所を含む多くの団体に知恵を求めはじめたそうだ。

「地球温暖化の影響かねぇ。こう毎年大きな台風が来ると増水に氾濫でてんてこ舞いでね。そこに人命が絡んでくるわけだから、私らとしてもどうにか一案打たないといけないわけなのよ」

「はぁ、そうですか。それで、私はなにを」

「ついては、河川敷の管理を仁さんに任せたいと思っててねぇ」

「仁さんが、管理人ですか？」

「そうそう。どうかな」

「いや、あの人は断ると思います。おそらくですが」

先日孫娘に恵まれた仁さんの胸中を私は知っていた。

これからは家族との時間を大切にする、と息巻いていたのだ。

「あの、もしかして頼みごとというのは？」

「うん。ご想像のとおり、この件で仁さんを説得してほしいのよ、秀ちゃんに」

「いや、しかしそれは」

「頼むよ。ね？」

「ですが……」

「うーん。なら、秀ちゃんがやるかい？」

「え……？」

「やれないでしょ」

言って、守屋さんは眉根を寄せた。

「秀ちゃんの家、今大変でしょう」

「……誰から聞いたんですか？」

「風の噂だよ」

　今年七歳になった息子は身体が弱く、夜中に熱を出したり、食事を戻すことが間々あった。その看病で妻は気が滅入り、今では心療内科にも通っている。私が遅くに帰れば、「役立たず」と怒鳴ることもある。無理もない。家事とパートもやっているのだ。外で金を稼いでいるだけの私へ不満が溜まるのも、無理からぬ話。

　この時期、夫婦仲はめっきり冷え込んでいた。

「仁さんは今、公私ともに落ち着いているしね。それに人柄もいいし、なにより機転が利く。河川敷に住む人たちをまとめられるのは、彼くらいのもんだよ。そうそう、君も知ってのとおり、アゼリア開業日の対応も見事だった」

　驚く私に守屋さんは、「風の噂はこわいねえ」と狡い老猿のような目を向けた。

「なあ、秀ちゃん、これはチャンスなんだよ。仁さんがここで成果をあげれば、彼にいい仕事を紹介することもできる。そうしたら彼はいい老後を過ごせるでしょう？　旅行にも行けるかもしれないし、車をもう一台買えるかもしれない。秀ちゃん、彼は私の説得じゃ折れないんだよ。いつも彼の背中を見ている秀ちゃんの説得じゃないとダメなんだよ」

　この町のため、ひいては仁さんのためにもなる。

　裏から町を牛耳る男の言葉に四肢を搦め捕られ、私は後日、仁さんに話を持ちかけた。

「気は進まねえが、秀坊の頼みじゃしゃあねえな」

彼は一息にそう応え、私の肩を軽く叩いた。

十年後、二〇〇三年に多摩川河川敷のホームレスの数は千人を越え、最盛期を迎えることになる。仁さんは下流から上流まで駆け回り、家族との時間は削られる一方だった。

私は彼を隠れ蓑にして生きてきた。私が影のように貼り付いていなければ、彼はもっと自由に生きられたはずなのだ。

私が管理人になると申し出ればよかった。配線を守る防鼠ビニルだって、私が進言すればちゃんと用意されたはずだった。それをしなかったのは私なのだ。けれど、私がそれを仁さんに言うことはなかった。何度も言おうとしたんだ。嘘じゃない。

正直に言ったら彼は、きっと私を許しただろう。人間、間違いはある。飲んで忘れようと言っただろう。だからこそ、私は言い出せなかった。いくら卑怯な私でも、そんな真似はできなかった。許されることで罪から逃れることは、私自身が許さなかった。

いや、違うか。私はただ狡く、臆病なだけだったのだ。

万が一にでも彼が許さなかった場合、私は隠れ蓑を失ってしまう。それが怖かったのだ。

私がもし、正直に生きていたら。

私がもし、彼の背中を追っていなければ。

後悔は、やむことがない。

＊

「なんであんたがこんなところにいるんだよ」

まどろみの底を殴るような声で私は目を覚ました。塞ぎ切っていた倉庫の中に川風がびゅうと一陣舞い込み、私の身体を撫でる。おもむろに顔を上げると、夕焼けで影をこしらえた尾長さんと木宮さんが眼前に立っていた。

「秀さん、どうしたんですか？」

「私はどうしようもない人間だ」

「そんなことないですよ、秀さんはたくさん僕らを助けてくれたじゃないですか」

坂本九の歌声が倉庫の外に漏れ出していく中、隣にかがみ込んだ木宮さんが私の背をさすった。その手の温かさに、身体の芯から情けない声が染み出そうになる。

「秀爺、その曲流すんなら、せめて上を向いてくれ。な？」

「こんな倉庫の中で上を向いても、埃まみれの天井しか見えない」

「わかってんなら、外に出ろよ」

私は無理やり倉庫の外へと連れ出された。

河川敷に座り首を回すと、川崎駅周辺は未だ煌々と光を湛えていた。

「まだちゃんとあるのか」

「まだちゃんとあるって、どういう意味だよ」

私は握っていた倉庫の鍵を手のひらに乗せた。仁さんを弔う音楽祭のため、地下連盟のみなさんに渡すつもりだった鍵だ。

「私は、どうしてもこの鍵を彼らに渡すことができなかった。川崎の秘密は、あの人の後悔そのものなんだ」

私は倉庫に戻り、『上を向いて歩こう』のカセットテープを巻き戻した。それ以外、寄る辺もない。

「勝手にしろ」

リアカーを曳いて出る尾長さん。彼の背を追う木宮さんが、私の肩に手を置いた。

「秀さん、待ってるだけじゃ、なにも変わりませんよ。行動しないと」

私はそれに答えず、黙って再生ボタンだけを押した。

しばらくすると、倉庫内に挿し込む光は太陽の橙色から町明かりの白色へと取って替わられた。

暗い室内にいると地下で窒息死を図ったことを思いだす。結果として、守屋さんに見つかり、庇われ、身体に林檎のいい匂いがついただけだった。

顔を俯けていると、遠くからざわめきが聞こえた。倉庫を出て川崎駅のほうを見ると、ふっと明かりが消えたのがわかった。

私は、とっさに自分の喉元を押さえた。

誰かがこの町の秘密に、彼の後悔が埋まる場所に辿り着いたのだ。

それに気が付いた時には、押さえた喉から声が漏れていた。

「私はこの町にいてはいけないんだ」

神奈川県警刑事部捜査第一課

裕子が出ていってから十分ほどが経った、午後三時過ぎ。扉の開く音がした。布の隙間からちらりと様子を窺うと、なにやらぶつぶつ言いながらパイプ椅子に腰かける意地悪看護師の姿が目に飛び込んできて、声が零れそうになる。

「それじゃあ、上はよろしくね。あんたらもちゃんとやりなさいよ」

彼女は一言、会議室のほうへ大きな声で発すると、椅子に座るや否や足を組み、携帯電話をいじりはじめた。けれど、すぐに電波が入らないことに気が付いたのか、盛大に舌を打ち鳴らし、ローヒールの硬いかかとでかんっと床を小突いた。

おそろしい、なんて血の気の多い人間だ。

声もなく慄いていると彼女は不意に部屋を出た。隣の会議室から「もしもしぃ」と話す声が漏れ聞こえてくる。

裕子の言うとおり、隣の部屋は電波が通っているようだ。

「ねえ、ちょっと聞いてよ。——え、今？　誰もいないわよ。心配性ね。あんたは仕事中？　いや、そういうのいいから、お姉ちゃんの話を聞きなさいよ。だいたい、この前のワインバーから、あんたたちおかしいわよ。あのネズミ男に振り撒いた色香もただじゃないのよ？　だいたい、あんたの職場の内部事情なんてあたしは――ねえ、聞いてる？　ああ、はいはい、そういうこと言うんだ。お姉ちゃんが悪いって言いたいん――あ、切りやがったな、あの野郎」

彼女は休憩室に戻ってくると、今度は「はー、デトックスデトックス」とひとりごちてから、会議室の奥へパタパタと小走りで駆けていった。どうやら、奥には給湯室があるらしい。

それにしても、騒がしい人間だ。俺も見つかったら「ストーカーおやじ」だのなんだの、あることないこと騒がれるに違いない。

俺はこっそり紅白布から抜け出し、携帯電話に電波を拾わせた。すると、不在着信が二件、画面に滑り込んでくる。ひとつは娘から、もうひとつは冬児からだ。

給湯室の様子を遠目で窺いながら、裕子にコールバックした。呼び出し音が四回ほど耳の内で跳ねたあと、アゼリアの喧騒がスピーカーから伝わってくる。

「裕子か」

『お父さん、鍵、手に入ったよ』

裕子の第一声は興奮を帯びていたが、こちらを気遣ってか声量は抑えられている。

『あとで届けに行くから、もう少しそこで辛抱してて。芽吹さんに気付かれないようにね。近寺さんが近くにいるから、もう切るよ。じゃ、また』

こちらが舌を動かす前に、裕子は電話を切ってしまった。

俺は「なんでい」と愚痴のひとつも零したくなったが、給湯室から香るお茶の香ばしい匂いが強くなってきたこともあって、再び紅白布の内側に戻った。

しばらくすると、パイプ椅子に腰をかけていた意地悪看護師は頻繁に席を立つようになった。席にいる間は音楽を聴きながら口ずさみ、また席を立つ。席を立つたびに新しいお茶を淹れて戻ってくる。どうやら身も心もデトックスされたのか、鼻歌の調子も上がってきている。対して厚手の布にくるまる俺は、おっさん特有の脂の染みた汗が排出されるばかりで、不快感がクライマックスだ。

くだらないおやじギャグばかりが頭に浮かぶ自分に辟易とし、こっそりと時計に目を落とす。もう六時になっていた。裕子が出ていってもう三時間近く経つが、なかなか戻ってこない。そろそろスケジュールが押しはじめてしまう。

「本日、七デトックス目、はいりまーす」

上機嫌で席を立つ女に、思わず布から飛び出し「なにが七デトックス目だ」と蹴りを入れそうになった。だいたいデトックスは単位じゃないし、過ぎたるは猶及ばざるが如しだ。そんなに排出してなにが楽しいのか。ひとりで勝手に騒がしいところも鑑みるに、こいつの前世はパチンコの当たり台かなんかだったに違いない。

いかんいかん。気が弛んできてる。

時間の流れで弛んだ気持ちを締めるため、俺は自身の脂ぎった頬をつねった。それから懐をまさぐった。ジャケットの内ポケットには絶縁手袋に警察手帳、それに細い針金が一本と親父のカセットテープ。加えて、大枚をはたいて買ったベロア素材の箱が入っている。

まるで子どものポケットのような詰め込み具合だが、これはすべて今日の計画のため、親父のために用意したものだ。

そうだ。この悪戯を成功させるため、ここまで準備してきたんだ。失敗は許されない。

——あとになって気付くのだが、ここで道具を再確認したのが悪手だった。冷静になったつもりが、昂った感情が弛んだ理性を押しのけ、大暴れしはじめたのだ。

一刻も早く変電設備と相まみえ、親父の大切なものが埋め込まれている場所を確認する。それこそが計画のすべてのように思え、俺は大きく息を吸い込んだ。

よし、やってやる。俺ならやれる。

俺は一気に変電室の扉に駆け寄った。細い針金を鍵穴に通す。新人の時分、防犯研修で習ったピッキングの方法を、脳みそをほじくる勢いで思い返す。

「くそ、なんだこの鍵穴、どんな構造してんだ」

鍵穴と格闘していると、後ろから短い悲鳴が上がった。

――ここで自身が悪手を繰り出していたことを悟り、血の気が失せる。

気が動転した俺は「あんた、誰よ！」と叫ぶ彼女に警察手帳を見せてなんとか場を取り繕おうと試みた。しかし、運が悪かった。拍子にジャケットの内ポケットからベロア素材の箱が零れ落ちてしまったのだ。

「ちょっと、なになに！　なんなの！」

「待ってくれ、話を聞いてくれ」

俺は箱を拾い上げ、努めて冷静な声で告げた。

彼女の顔はいっそう驚きの色に染まっていく。気の動転はいよいよもって加速し、瓦解寸前のメリーゴーランドの様相を呈していた。

「ちょ、いきなり指輪？　プロポーズ？　いくらなんでも意味わからない！」

「あ、いや、ちがうんだ、これは――」

俺が弁解の言葉を口にしようとした、その刹那、ちんっとエレベーターの到着を知らせる音がして俺と彼女は押し黙った。ふたりの間に一時下りた薄い沈黙の幕を破ったのは、聞き慣れた「わんっ」という鳴き声。エレベーターから続々吐き出されるのは、娘の裕子と飼い犬のタマ、そして上背のある外国人だ。

心のメリーゴーランドはもはや全壊していた。弾き出された俺が立つのは四人と一匹が一斉に凝固した空間の片隅。十の瞳があっちにこっちに飛び交って、この状況を理解する術を模索して泳ぎ回っている。

「誰だ、そいつは！」

目を泳がせるのに疲れ、まず口を開いたのは俺だった。

黒いライフルケースを担いだ外国人を指差し、「浮気か！」と裕子に問うた。

「違う、あたしは正志一筋！　この人は勝手にエレベーターに相乗りしてきたの！」

「エレベーターはみんなで乗るものだろう？」

「ちょっと待って、裕子、この状況はなに？　あんたなんでここにいるのよ！」

「それはちょっと事情があってですね。というか、お父さんなんで顔出してるの！」

「おまえが遅いからだろう！」

「わんっ！」

四人と一匹が同時に喚くものだから、狭い地下室は一瞬にして音に満ちた。キンキンと鳴る耳を押さえ、視線を裕子に向けると、裕子は一策思いついた表情で隣の外国人の手からなにかをぶんどった。

「芽吹さん、妙案があります」

「な、なに」

裕子はつかつかと意地悪看護師の芽吹に歩み寄り、腕に巻いていた養生テープを二センチほど切って彼女のコートの裾にはっつけた。

「タマ、おやつの時間」

裕子が指さすと、タマは尻尾をぶんとひと回ししてから「わんっ」と、元気よく芽吹の足元に駆け寄った。

「なに、なに、なんなの！」

会議室内をばたばたと駆け回る芽吹とタマ。

消化できていない混乱が腹の中で掻き回される。

よく見れば、彼女のコートの裾にはビーフジャーキーがぶら下がっていた。

「追っかけてこないでよ！」

芽吹はとっさにエレベーターに逃げ込んだ。扉を閉めようと閉ボタンを連打している。しかし、間一髪タマも滑り込む。閉じた扉の内側から敗色の濃い悲鳴が漏れ聞こえ、俺は思わず大団円を迎えた錯覚に陥った。

無論、まだなにも終わっていない。

再び下りたのは沈黙の一幕。その下からひょっこりと顔を出すように、謎の外国人が「やあ」とはにかみながら片手を挙げた。

「やあ、じゃないよ。あんた、いったい何者だ？」

「通りすがりのルポライターだよ。この奥にあるものを見に来たんだ」

彼はポケットからカメラを取り出した。俺の視線の到達点がそこではないことに気が付いたのか、彼は「安心して。これ、実は楽器だから」と、今度は肩に担いだライフルケースを床に降ろした。

「帰ってくれ」

俺は厳かな声を作ってぶつけた。

「それは無理だね」

「警察官の言うことが聞けないのか」

「神奈川県警、金剌豊。なるほど、たしかに本物だ」

やつは俺がかざした警察手帳を見てほくそ笑み、「ここは僕と協力しないかい？」と愛嬌のある笑顔を振り撒いた。

「なんで俺がおまえと」

「それとも、今僕をここから追い出して、川崎署に連絡されるほうが好みなのかな。おたくの警察官が川崎の地下でサボってましたよってね」

言って、男は流れるようにこちらに歩み寄り、「僕も鍵が必要なんだよ」とわざとらしく眉をひそめる。ここでこの男を逃がせば、せっかくの計画が台無しになるだろう。

「……わかった。しかたない、協力しよう」

「さすが正義の味方。話がわかるね」

親指を高く立てた男は、「僕の名前はルーカス。日本には取材で来たんだ」と白い歯を見せた。

＊

「ミス伴内は、この奥にはよく行くのかい？」

「ううん。守屋盟主の付き添いで一回だけ。近寺さんでも自由に入れないんだから」

「へえ、ずいぶんと厳重に管理されてるんだ」

「この町の秘密だからね」

「よしっ、開いたぞ」

裕子が持ってきた鍵を使って変電室に入ると、ぶぅんと低い音が皮膚を這った。

時計の針は、すでに七時手前を指している。

「うわ、すごい。まるで地下神殿だ」

「でしょ。でも、機能を徐々に他の変電所に移行してるから、そのうち埋められちゃうんだけどね」

「へー、なるほど」

「悠長にメモを取るな。時間がない。そろそろおふくろが駅前に来る頃だ。防災行政無線をジャックする機械ってのはどこだ」

裕子が「えーっと、ちょっと待って」と、室内をあたふたと駆け回る。

その様を外国人の男が楽しげに書き記している。

「あんた、日本には取材で来たって言ってたけど、いったいなんの取材で来たんだ」

こちらが問うと、隣に立つ外国人――ルーカスは、「そうだね」と一言留保をつけてから、舌先を動かした。

「平和な国って言われているこの国の、まあ、実情かな。そのために警察官と追いかけっこもしたし、ホームレスの人と一緒に暮らしたりもしたよ。日本のそういう情報って、あまり出回らないからさ、価値があるんだ。来週には友人のツテで留置所にも入る手筈なんだけど、今のところ予定どおりに進んでるね。こういうの、順風満帆っていうんだよね」

「言わねえよ。波乱万丈だろ」

「お父さん、ルーカスさん、こっちこっち！」

朱色の立方体を指差して跳ねる裕子のもとに駆け寄ると、たしかにそれには「緊急事態用無線発信機」と記されていた。

「素晴らしいね。ところで、こっちの白い箱は？」

「えっと、そっちはたしか、変電設備のブレーカーみたいなもので、そのレバーを下ろすと駅前の電気が全部消えちゃう、はず」

「へえ、じゃあ、とりあえず先に下ろすのはこっちだけだね」

ルーカスは言って、無線発信機のレバーを許可なく下ろした。

ぶつんっと野太い音がして、操作盤のランプが緑に点灯する。

「ちょっと！」

裕子の背筋がぴんと伸びた。

「大丈夫、任せて。僕は喋るのが得意だから」

ルーカスは再び親指を立て、「これは雄弁な親指の誓いだ」と朗らかに口を動かした。彼の後ろでは無機質な声が淡々と『緊急連絡。緊急連絡』と語っている。

「えーっと、こっちのマイクボタンを押せばいいのかな」

ルーカスがボタンを押すと、ぶぅんと電気の流れる音がした。これで川崎駅周辺のスピーカーがジャックされたのだろうか。にわかに信じられないが、操作盤の「川崎駅前スピーカー」のライトが緑に点灯しているところを見ると、そうなのだろう。

「レディースアンドジェントルメン、聞こえてるかい？」

俺と裕子がまだ状況を呑み込めていない中、ルーカスが勝手に喋りはじめた。それどころか、マイクをつんつんとした挙句、小さな声で「ついでに、こっちも下ろしとこうか」と、変電設備のブレーカーにまで腕を伸ばしはじめるではないか。

慌てた裕子が「そのレバーは触らなくていいんです！」となんとか制そうとするも、ルーカスは止まらない。俺は速度のある若いやりとりについていけず、蚊帳の外で遅鈍なステップを踏むばかり。しかし思考だけは冴えていて、この次に起こりそうな悪いことばかり連想してしまう。

「でも、そのほうが花火は綺麗に見えるだろう？　だったら使ったほうがいい。こういうの、宝の持ち腐れっていうんだぜ」

「え、ああ、うん？　そうなの？」

「そうそう――ってことで、イッツアショウタイム！」

がこんっと錆びついた音が鳴り、機械の唸り声が小さくなるのを感じた。

「ああ、もう！」

裕子ががなる。マイクの前でしたり顔のルーカスを体当たりでどかすと、そのまま俺を手招きした。ボタンを押し込んでいた指が離れたことでマイクが切れたのか、ぶつっと太く短い音がした。

「お父さん、ほら。予定どおりじゃないけど、曲が流れだす前におばあちゃんに伝えたいことがあるんでしょ」

裕子の力強い視線に、俺は「ああ」と漏らし、招かれるままマイクの前に立った。人差し指でマイクボタンを押し込むと、再びぶぅんと電気の通る音がする。

俺は頭蓋の奥に隠した気持ちを呼び起こすように、深く、息をした。

＊

俺は警察官になってから、実家に寄り付かなくなっていた。親父の悔しがる顔は見たかったが、親父の口から出る言葉は聞きたくなかったのだ。

親父のいない隙を狙って、おふくろに会いに行くことはあった。「いにさん、豊に会いたがってるよ」という言葉を俺は真に受けず、「悪態つかれるだけだよ」と笑って躱した。親父は、強くて、正しくて、悪戯をしない仕事に就いた俺を、憎らしく思っていると考えていた。

俺が親父の顔を見たのは、警察官になった数年後のことだ。

厳しい警察批判が吹き荒れる世相の中、川崎の路上で偶然の再会を果たした。

当時、横浜で起こったとある弁護士一家の殺害事件が、警察批判を引き起こしていた。事件の首謀者が某カルト宗教団体の幹部だったせいもあっただろう。この時の初動捜査が適切ではなかったと、多くの批判が寄せられたのだ。

俺自身は仕事も順調で、市民のために力を尽くせていたと思う。地方紙の片隅に載るような検挙実績を挙げたこともある。しかし、当時の世間は俺個人を見てはくれなかった。県警批判は、そのうち派出所勤めの警察官にまで及んだ。

市民の敵。体たらく。税金泥棒。ただ飯喰らい。

罵詈雑言は日ごとに増した。今まで守ってきた町が、悪意のままに牙を剥いた。

日に日にやつれていくのが、自分でもわかった。けれど仕事を辞めれば実家に戻ることになる。それが嫌で俺は槍の降る交番に立ち続けたが、それもすぐに限界が来た。

俺はパトロール中に路地に隠れ、こっそり泣いた。

そんな時だ。聞き慣れた声が俺の耳を強《したた》かに打ったのは。

「警察は市民の敵じゃないです。俺らの味方です」

しゃがれ声を張り上げて、道行く人にビラを配る男がいた。

「この町を守ってくれる正義の味方です」

体裁も、面子も気にせず、懇願する男がいた。

「ジンさん、あと何枚配ればいいの、これ」

「すまんなぁ。あと少しだけ、あと少しだけ頼むよ」

いつもは周囲の人間に弱味なんか見せない親父が、その日は何度も頭を下げていた。哀しそうに、嬉しそうに、何度も、何度も。

俺は崩れるように路地裏の地面に尻をついた。地方紙の小さな記事が印刷されたビラはすぐに捨てられ、風に舞い、吹き溜まりの落ち葉に呑まれていく。

「この町には立派な警察官もおるんです。どうか、見捨てないでやってください」

それでも親父は声を上げ続けた。弱く、正しくない、悪戯みたいな行動を、日が暮れるまで続けた。俺は近くを流れる多摩川の匂いを嗅ぎながら、静かに泣き続けた。

以降、俺は親父がいる時も実家に顔を出すようになった。けれど、親父とは当たり障りのない会話ばかりで、酌み交わした酒も雀の涙程度だ。正直、今さらなにを話したらいいのか、わからなかった。俺も親父も、困ったら裕子を話のダシにしたものだ。もっとちゃんと話していれば、もっとしっかり伝えていれば。そんな後悔は山ほどある。

あの日の感謝も、親父に伝えられていない。

俺も存外見栄っ張りだったことを、親父の死を通して、ようやく知った。

＊

「おふくろ、聞こえているか。俺だ、豊だ」

電気の通ったマイクは低い音を放ち続けている。

俺は口を近付け、喉を動かした。返答はない。

自分の声が本当に町に繋がっているのかどうかすら、知るすべはない。

「今から起きることは、その、俺の最後の悪戯だ。親父の隠し事を暴く、最低に親不孝な行為だ。でもこれは、あの頑固親父の、たぶん本心だ。だから、大目に見てほしい。親父がおふくろに渡しそびれた贈り物を受け取ってほしい」

俺は息を吸い、隣に立つ裕子に頷いた。

「それと、おそらくそこにいるであろう尾長さん、近寺さん。本当に申し訳ないことをした。親父の遺書を君たちに送ったのは、この俺だ。親父が見込んだ君たちなら、きっと俺の計画の手助けをしてくれると思って、手紙を送った。正直に言う、君たちの善意を利用した。俺が親父の無念を晴らしたいからと、君たちを巻き込んだ。本当に申し訳ない。ただ、それでも……」

そこで俺は口を噤んでしまった。なんて自分勝手なお願いをしようとしているのだと、心底自分に呆れてしまった。今さらなにを自己嫌悪、とは思う。しかし――。

「皇帝代理、準備はできているんだろう?」

左肩に体重が乗る。

ルーカスが俺に身を寄せながら、弾むような声をマイクにぶつけた。

「近寺さん、私もあとで謝ります。でも、今だけはおじいちゃんのために、どうかお願いします！」

今度は右肩に裕子の体重が乗っかる。ふたりに挟まれるようにして、俺は「頼む、このとおり！」と頭を下げた。隣にいるルーカスが「これ、テレビ電話じゃないよ」と無粋なことを抜かすが、それすら気にならない。

マイクボタンから指を離す。

ぶつっと短い音が、再び鳴った。

「さあ、行こう。皇帝代理は短気だから、もう打ち上げちゃってるかもしれないよ」

「近寺さんも我慢できずに演奏始めてるよ、きっと」

息巻くふたりに感謝しつつ、俺は懐をまさぐった。汗ばむ右手が釣り上げたリングケースとカセットテープに視線を落として、唇を噛む。

「俺にはまだやることがあるから、おまえらは先に行っててくれ」

「わかった。火傷しないよう気を付けてね。あと、そのカセットテープ……」

なにかを期待するような娘に「いや、これはいいんだ」と頭を振り、無理に笑ってみせる。裕子はむすっとした表情を一瞬浮かべたあと、「そう」と一言零して、ルーカスの腕を引いて地上に向かった。

ひとりになった俺は、部屋の隅に設置された床置きの空調機器の前に立っていた。裏側には複雑な配線が這っている。深い森のようなコードの束に目を凝らすと、真《ま》緑《みどり》の絶縁ビニルの中に、一本だけ濃灰色《のうかいしょく》の配線が見て取れた。

本当にあった。親父の日記に書かれていたとおりだ。

ばくばくとうるさい心臓をなだめすかせ、絶縁手袋を両手にはめる。不格好に膨らんだ濃灰色の熱収縮チューブをちぎり、中を見る。すると、そこには切れかけた配線を結ぶ白金のリングが埋め込まれていた。指輪は長年触媒として使われたためか、ところどころ煤けているが、その輝きは断じて色褪せていない。

「格好つけやがって、あの頑固親父」

俺は買ってきた指輪を親父の指輪と入れ替えた。親父の見栄を尊重するように、再び指輪で繋ぎ直してから、地上に急いだ。

エレベーターを降り、アゼリアの三番出口に出る。分厚いメロディーと炸裂する花火の音が聞こえるかと思ったが、暗いアゼリアには静けさが満ちるばかりだ。

まだ祭りは始まってないのか、そんなことを考えていると「そ、そこのおまえ！」と怯えた声が肩を叩いた。

「な、なんでそのエレベーターから出てきた。いったい、何者だ！」

振り返れば、懐中電灯を竹刀よろしく中段に構えた男が立っていた。頼りない顔つきだ。前のめりの姿勢からは覚悟がいくらか見て取れるが、その足元は生後間もない小鹿も鼻で笑うほどに震えている。

俺が「わっ」と脅かすと「ひぃ」と情けない声を上げ、いとも容易く崩れ落ちてしまった。

尻をつきながら、男は叫ぶ。

「この暴漢め！」

「いや、暴力は振るってない」

「うるさい！　僕はこの入口を死守するぞ！」

「もう破られてるだろ。俺はそこから出てきたんだから」

「正論ばっかり言うな！」

「久家くん、よしなさい。また芽吹ちゃんに笑われちゃうよ」

半べそをかいてわんわん喚く男の背後から、老人がぬっと現れた。身は小柄だが、瞳の上のすだれ眉はやけに長い。わずかに香る林檎の匂いは緊迫した状況下でも柔らかな印象を与えてやまず、しかし表情にはしたたかさが窺える。

「大きくなったね。父親そっくりだ」

「あんた、何者だ」

「ほら、覚えてないかな。君が小さい頃は、よく家まで行ったものだけど」

ひょうひょうとした口ぶりに、セピア色の記憶がぼうっと脳裏をよぎる。

「あんた、守屋のじっちゃんか」

「久しぶりだねぇ」

「守屋盟主、この男は」

「久家くん、聞いて驚くなかれ。彼はジンの息子だよ」

守屋のじっちゃんの言葉に、久家なる男は跳ねるように居住まいを正し「し、失礼しました！」と深く頭を下げた。

「頭を上げてくれ。こっちも脅かしてすまなかった」

「いえ、働き口を恵んでくださった恩人のご子息に無礼を働くなんて、言語道断です。ママ、いや、母になんて言われるか」

「俺の親父はそんなこと気にしないよ」

彼は口を真一文字にしたかと思うと、「痛み入ります」とすぐに俯いた。見た目に似合わず、意外に芯の通った男らしい。

「豊くん、地下から出てきたってことは、まさかこの町の秘密に、ジンの後悔に気が付いちゃったってことかな？」

「なんだ、その口ぶり。俺を消すのかよ、守屋のじっちゃん」

「まさか。そんな物騒なことはしないよ。ただ、一言、いや、二言だけ」

守屋のじっちゃんは咳ばらいをして頭を下げた。

「ありがとう。それと、ごめんんね」

「あんたが謝ることじゃない」

「そう言ってくれると救われるよ」

顔を上げた守屋のじっちゃんは莞爾《かんじ》と笑った。けれど、すだれ眉の下で彼の双眸は潤んでいて、そこにはなぜだか、親父の姿が映っているような気がした。

＊

人まばらな館内を駆け、中央正面入口から飛び出した。人いきれから生じる喧騒だけが駅前に漂っている。館外にも、花火と音楽の気配はない。

「お父さん」

声の方向に身を向ける。裕子も、ルーカスも、おふくろもいた。おふくろの車椅子を押す女性が哀しそうな顔で俺を見ている。

俺が「おふくろ」と声をかけようとすると、後ろから肩を掴まれた。

「金刺刑事」

呼び声に振り返る。

二島がいやらしい笑顔を貼り付け、立っていた。

「さっきの放送、聞きましたよ。あなたがこの騒動の黒幕だったんですね」

「なあ、二島、聞いてくれ」

「はんっ、悪役のセリフなんか聞くもんか。おい冬児、おまえの相棒のじいさんを今から捕まえ――あれ、冬児は……それに、リアカーの男もいない」

ひとり勝手に慌てふためく二島。艶のある丸髪を振り乱し、「ちくしょう、どうなってんだ！」と周囲に唾を撒き散らす。

「あいつらはどこに行った！」

二島が叫んだ瞬間、黄色い閃光が俺たちの視界を奪った。

駅から向かって東南の方角、ラ・チッタデッラから、ぱんっぱんっと立て続けに二発、花火が上がった。何事だと周囲の騒がしさが増す中、道の向こう、浴衣の人々を押しのけ、ジャケット姿の男がひとり、叫びながら駆けてきた。

その男の姿を見て、おふくろの車椅子を押している女性が「木宮くん⁉」と目を見開いた。彼女の瞼の動きに連動するように、マリーゴールドの色をした花火がもう一発、打ち上がる。

「瞳ちゃん、聞いてほしいことがあるんだ」

男は彼女の前に着くと、弾むように肩で息をした。小綺麗なジャケットで額の汗を拭い、精悍な顔つきで真正面の女性に向き合う。

「ようやく仕事が見つかったんだ。給料も高くないし、裕福なんて言葉にはほど遠い。

けど、君の好きな色の花火を打ち上げることができるくらいの甲斐性はある。だから、お願いだ。もう一度、一緒にいてもらえないだろうか」

突然起こった大音声の告白に、駅前はしんと押し黙った。不意に訪れた凪の気配に二島までもが口を噤み、千を超える耳と目が次の言葉を待ちわびた。

焦れるような時間が流れる。

堪え性のない輩が喉を開こうとした瞬間、

「はい」

と短く、彼女が口にした。

その返答に、沈黙を保っていた群衆は小波《さざなみ》立った。近くに立つルーカスが指笛の響きで乗り合わせ、「コングラチュレーション！」と手を叩く。突沸したように町が揺れた。歓びの声は所構わずぼこぼこと上がり、おそらく事態を把握できていない距離にいる人間からも「おめでとう！」「よくやった！」と声が飛んでくる。町は黄色い声に呑まれ、人の流れは上下左右に揺れ弾んだ。

中でも一番弾力のある髪をした二島は、「ばか市民ども！　邪魔するな！」と喚いていた。喚いてはいたが、厚い人の流れには逆らえなかったらしい。どんぶらこ、どんぶらこ、と二島は遠くに運ばれていく。

突如、身が自由になった近寺さんは一瞬ぽかんとしていたが、一気に顔を引き締め、

「総員、演奏開始！」とハスキーな声を襟元のマイクに放った。

浮かび上がる歓声を押さえ込むように、先ほど俺がジャックしていたスピーカーから坂本九の『上を向いて歩こう』が流れ、町の空を包んだ。周囲を見渡せば、あちらこちらで仕事着を着たままのアゼリア職員たちが、楽器片手に生演奏を始めていた。

花火がぽつぽつと空に跳ねる。今度は黄色だけでなく、赤、青、緑と色とりどりの炎が頭上で花開いた。

両親の好きだった音楽と花火が、親父の意志を継ぐ者たちによって川崎の町を彩っている。

けれど、今この瞬間、主役は俺の思い描いていた人物ではなくなっていた。

一息にして主役の座を盗んだ若いふたりのカップルを見て、隣のおふくろが「うらやましいわ」と呟くのがわかった。

「おふくろ、あのさ」

「豊。さっきの放送、本当にあなたなの？」

「ああ、俺だ」

「また人様に迷惑かけて」

「ごめん」

「でも、そうね。素敵な悪戯だわ」

いつもみたいに頬を揺らして笑ったおふくろは、「あの人と、この夜を過ごしてみたかった」と短く零した。揺れる頬に小ぶりの涙が流れるのを見て、俺は胸の焼ける思いがした。

結局、俺はおふくろの感傷を自分勝手に弄んだだけだったのではないか。

「お父さん、そろそろ曲が終わっちゃう」

裕子が俺の肩を揺する。強酸性の後悔が胸の内に満ちていく。

花火がもう一発打ち上がった。音を聞くばかりで、なにも答えることができない。焼かれていく胸の中で言葉を探している間に、空を彩る光も途絶えた。駅前に集まっていた群衆も白けはじめ、悪戯の興は冷めていく。

「ありがとう。最高の夜だったわ」

目元を拭い、気丈な笑顔を見せるおふくろに、俺は懐に差し入れた手を抜けずにいた。親父の愛したこの町が、この指輪を渡させないよう、四肢を掴んでいるようにすら思えた。

おふくろ、ごめん。

そう言いかけた時、ひときわ大きな声が駅前に響いた。

「アンコール！」

裕子は何度も空に叫び、手を叩き、周囲に促した。群衆が再びざわつき、小波は大波になり、駅前が時化はじめる。その流れに乗るようにして、ポニーテールの女性がトランペットのソロを奏でた。見事なメロディーに演奏隊が息を吹き返し、坂本九の音楽が町を再び飲み込みはじめる。

「お父さん、これがすべてなの」

裕子が俺の胸倉を掴む。「おい、どうした」と問うても離さない。

「おじいちゃんが伝えたかったことって、これだけなの」

俺は動かない舌に見切りをつけ、騒がしい町を、親父が愛した町を見回した。

町には親父の面影が色濃く焼き付いていた。通りに、街灯に、店先に、人々に。なぜ今まで気が付かなかったのだろう。幼い頃には見えてこなかった親父の姿が、今こうして、ようやく見える。

当時の俺は親父のほうを向いていなかっただけなのだ。仕事にかまけ、母にぶっきらぼうに接し、事あるごとに俺を叱る姿しか見えていなかった。でも、本当は違ったんだ。家族を支えるため必死に働き、照れ臭さが邪魔して母には愛を告げられず、俺が横道に逸れないように声を上げてくれていたのだ。

「ないの」

裕子が再び問う。俺は娘の瞳に映る俺自身を見て、ああ、やっぱり俺は親父に似ているのだと思い知る。

きっと俺も、あとになって思うのだ。こうしていたら、ああしていれば。そんな犬も食わない後悔を体中に貼り付けて、まったくいい人生だったとうそぶき、湿り気のある笑顔のまま、棺桶の中でむんずと腕を組んでこんがりと焼かれていくのだ。いいのか、それで。

俯く横顔を殴るように風が吹いた。多摩川の匂いを含んだ、ぬるい風だ。

「親父が伝えたかったことは、まだある。あるけど――」

俺はジャケットからカセットテープを取り出した。

「でも、勝手に俺から伝えちまうなんて、そんなエゴ……」

「エゴでもいいじゃない！　おじいちゃんも、お父さんも、そうやっていつも伝えそびれてきたんじゃない！」

裕子が俺の胸を叩く。振動が腕に伝播して、手の先のカセットテープもあわせて揺れる。カセットテープの表には、青いインクで「処分」と殴り書きされていた。

なあ親父、やっぱり青いインクなんて、効果ないだろう。

俺は手に、力を込めた。

「このカセットには、親父の本当の気持ちが詰まっている。これを、おふくろに聞かせたい」

俺の言葉に、裕子は力強く頷いた。けれどすぐに顔をくしゃりと歪ませて、「でも、ラジカセは、結局……」と弱音を漏らした。

俺と裕子が顔を見合わせていると、隣から肩を叩かれた。

ルーカスだ。

「ヒーローの登場だよ」

彼は言って、通りの向こうに手を振った。その方向からは、「道を開けろ！」と汗臭い男の声が聞こえてくる。よく見れば、男を乗せたリアカーが、人混みを弾くようにしてこちらに向かってきているではないか。

乗っている男は俺の相棒、玉井冬児だ。

「お待たせしました」

冬児が、ラジカセ片手に俺の前に降り立った。

「冬児、いったいなにしてるんだ」

「豊さんがこれを必要としているんじゃないかと思って」

「おまえ、なんで……」

「現代の正義の味方は、情報戦にも秀でているんですよ」

哀しげに笑う冬児。その腕に抱かれた赤と白のツートンカラーのラジカセを見て、裕子が「あっ」と口を開く。

「久家さん、ちゃんと用意してくれてたんだ」

「裕子、おまえもしかして……」

俺は娘の顔を見た。よくできた娘は、「お父さんの言い訳は、ひとつでも減らしたかったから」と得意げに眉を吊り上げる。完敗だ。幼い頃から俺と親父の会話を取り持ってくれていた裕子には、すべてお見通しだったようだ。

まいったなぁと頭を掻いていると、リアカーを曳いていた汗だくの男、尾長さんが声を上げた。

「近寺、どこにいる！」

群衆をにらみつけ、息も絶え絶えに「話があるんだ！」と幾度も叫ぶ。その声が水気を失ってきた辺りで、人混みの中から、トランペットを携えた近寺さんが現れた。

「見てたか、花火」

尾長さんが問うた。

「見たよ」

「俺が上げたんだ。あのじじいの無念を晴らすために、俺が――」

「尾長」

「な、なんだよ」

一気呵成に喋る尾長さんの話を断ち、近寺さんは背を向けた。

綺麗に束ねられたポニーテールが風になびいた。

「あとで聞くよ。きっと、長くなるだろうから」

おふくろを流し見た近寺さんは、「今は私たちの時間じゃない」と、今度は裕子に視線を向けた。

気が付けば、おふくろを囲む輪ができていた。その輪から、冬児がおもむろに一歩下がると、ルーカスも「家族水入らずってやつだね」とあわせて下がる。自然と家族三人が輪の中心になっていて、祭りの喧騒が占める町の中で、そこだけが台風の目のように静寂に包まれていた。

「おふくろ、聞いてほしいものがあるんだ」

おふくろはゆっくり頷いた。

俺はカセットテープを挿し入れ、再生ボタンを押し込んだ。かっかこん、と軽い音が鳴り、続けてちりちりとノイズが漏れる。二秒ほどして、『あ、あー』と親父の声がスピーカーから溢れてきた。

『あ、あー。靖枝、聞こえてるか？　あれ、これ録音できてんのか』

「これ、いにさんの声……」

母は口元に手を添えた。

『まあ、録れてなくてもいいか。その、なんだ、あんま長くは喋らないから、晩飯の用意しがてらにでも聞いてくれ。そんで、聞いたらこれ、処分しといてくれ。あの悪戯息子に聞かれたりなんかしたら、たまったもんじゃねえ』

隣で裕子が小さく笑う。

『その、なんだ、ずっと言いそびれてたんだが――』

親父の声はそこで一瞬途切れ、わざとらしい咳ばらいがひとつ鳴る。

『イタリア旅行、連れて行ってやれなくて、ごめんな。あんなに楽しみにしてたのになぁ。イタリア語まで勉強したっていうのに。俺がこんな人間なばっかりに、本当にすまん。それと、いつもうまい飯をつくってくれてありがとう。気恥ずかしくて感想のひとつも言えなかったけど、本当に、全部うまかった。いろんなもん食ったけど、おまえの作るかぼちゃの煮物が、世界で一番うまかったよ。ありがとう。一緒になってくれて、ありがとう』

ラジカセはそれ以上、なにも流さなかった。

代わりに、おふくろの嗚咽が地面に零れた。

「おふくろ、これ、親父から」

俺は懐から煤けた指輪を取り出した。三十年前、親父が渡し損ねた指輪がようやくおふくろの指に収まる。おふくろは言葉なく、洟を啜って泣きはじめた。

東南の方向から、花火が上がった。ぱぁん、ぱぁんとふたりを祝福するように、町の上で花を咲かせた。

目が眩むような光、耳を打つような炸裂音が何度も咲いた。一発や二発じゃない。やむことのない七色の大火が、川崎の空を覆い隠した。

「おい、ちょっと待て。俺はこんな大量の花火、用意してないぞ」

狼狽えた様子の尾長さんに、ルーカスが肩を組む。

「皇帝代理、こういうの、持つべきものは友っていうんだぜ」

「どういう意味だよ」

ざわざわと波打つ喧騒の中にあって、おふくろはふくふくとした笑いを取り戻した。指にはめた白金のリングを空にかざし、「綺麗ねえ」と呟いた。

その時ちょうど空を飾っていたのは、星が滲むほど、悲しみが月の陰にかくれてしまうほど、ひときわ大きな真っ赤な花火。

「いにさんも見てるかしら」

煌めく炎が、白金のリングの上でぱらぱらと輝く。

上を向いたおふくろの目元から、涙が一粒、零れ落ちた。

＊

花火も、坂本九の名曲も途絶えたが、祭りの残り香は未だ濃い。

尾長さんと近寺さんがふたりで立っている。濃い人の気の中にあって、まさにふたりきりとしか言えない様相で並んでいる。俺の立つ位置からでは声こそ聞こえないものの、尾長さんがしきりに口を動かしている様子は見て取れた。

不意に、尾長さんが一歩歩み出た。近寺さんは、たじろがない。綺麗な唇を二、三言分だけ動かして、尾長さんに背を向けた。

尾長さんはしばし茫然自失で、それからゆっくり、膝から崩れ落ちた。

「お父さん、正志くんから電話」

「え、おう」

「なに見てるの？」

「いや、あのふたり。親父が目をかけていたふたりが気になってな」

裕子は電話を手渡すと、俺の考えを読み取ったのか、「近寺さん、ああ見えてロマンチストだから」と困ったように肩を竦めた。

「突き放せば登ってくるって信じてるんだよ――それよりも、電話、ほら」

胸に押し付けられた電話を受けると、怯えに揺れる声がした。

『お義父さん、花火を上げるだけって言ってたじゃないですか。やりすぎですよ。川の向こうから見たら、川崎が消えたように見えましたよ』

「すまなかったな。ちょっと、年甲斐もなくはりきりすぎた」

『蒲田署の応援は遅らせるように努力しましたけど、そのうちすぐに応援行くと思いますよ。だって、まるっきり町の様子がおかしいんですもん。ああ、僕にもなにか処分下るのかな、やだな。でも、うまくいったんですよね。ならよかった……』

声にすら冷や汗が滴っているのがわかる。本当、気弱なくせにたいしたもんだ。

「これからも裕子のことをよろしく頼む」

裕子に電話を返すと同時に、今度は怒気を孕んだ声が人混みの中から飛んできた。

「おい、うやむやにしようったってそうはいかないぞ！」

やはり、二島だ。この町はどうにも忙しなくて困る。

「冬児もあんたも、怪しいやつはまとめて逮捕だ！」

もみくちゃにされて乱れた髪の毛を手櫛で整えながら、きぃきぃ喚く二島。その危険性を察知したのだろう。人の海がモーセの奇跡のように割れていく。

さて、どうしたものかと考えていると、あろうことか、見た目の一番怪しいルーカスが、激昂中の警察官、二島の肩に手を置いた。

「ハロー、ミスター。あなた、どこかで見たことありますね」

「な、なんだよぅ」

上背のある外国人に急に話しかけられたためか、二島の威勢はきゅっと絞られる。

「ああ、そうだ。拳銃を見せてくれた優しい警察官だ」

「はぁ、なに言って――あ、おまえ、蒲田のワインバーの店員！」

「その節はどうも。いや、まさか本物の拳銃を見せてくれるなんて思わなかったよ。あの場にいたお喋りな彼女は元気？　もしかして振られちゃった？　彼女、気難しいからね」

「振られるもなにも、朝、目を覚ましたらもういなかったよ！　でも、ホテルで寝たってことは共に一夜を過ごした可能性は高いよな……」

破廉恥な妄想にご執心な二島に、革靴を厳めしく鳴らしながら歩み寄ったのは、冬児だ。

「二島先輩、拳銃を市民に見せたんですね」

「いや、それは……」

二島はちゅうっと口をすぼめ、もごもごと口ごもる。

「あの日は気前よく見せてくれたじゃないか、こんな風に」

ルーカスはズボンのポケットからボイスレコーダーを取り出して、高々と掲げてみせた。プッと短い電子音の後に、声が続く。

『ほら、これが本物の拳銃。え、貸せないよ。えー、でも、もっと酔わせてくれたら、見せちゃうかも。どこで？　そうだね、人目のつかないホテルとか』

まさしくそれは、きつく色気づいた二島の声だった。

「な、なんだそれは！　記憶にない！」

仰け反る二島を見て、ルーカスは「そりゃそうだ、このあと酔い潰れたんだから」と声高に笑っている。

一体全体どういうことなのか。この展開は俺の計画にない。

「つまり、二島先輩は蒲田のバーで知り合った女性に拳銃を見せたあと、記憶を失った。そういうことですね」

二島が「違う！」と叫ぶ。ルーカスが「違くないでしょ」とすぐに被せる。

「店員さん、それはいつのことですか？」

努めて冷静な口調で、冬児が訊ねた。

「ちょうど一ヶ月前、かな」

「一ヶ月前……世田谷に拳銃を持った花火泥棒が現れた日だ」

「だからどうしたって言うんだ！」

ぶぅぶぅとがなり立てる二島の背後から、赤い光が迫ってくるのが見えた。

「年貢の納め時ってやつだね」

ルーカスが吹いた口笛を、聞き慣れたサイレンが掻き消す。一台のパトカーが駅前のロータリーに颯爽と停車し、中から県警の警察官が数名現れた。

降りてきた警察官はまっすぐに二島へ近付くと、挨拶もなしにこう告げた。

「二島刑事。世田谷の花火製造所の敷地内で発見された薬莢のシリアルが、あなたに支給されたものと一致しました。ついで、報告書類の偽造、経費の不正使用などが、今朝文書により告発されております」

「なんだよ、これは！」

逃げ出そうとする二島の前に冬児が立ちはだかる。

そして、俺のほうに視線を向け、勢いよく叫んだ。

「豊さん、確保ッ」

「お、おう！」

俺は言われるがまま二島に跳びかかり、その腕に手錠をかけた。

「おい、僕を悪役にするつもりか！」

「あんたみたいな小物は、悪役にすらふさわしくない」

冬児はたしかにそう言ってから、周囲の警察官に二島を連行するよう告げた。

二島はあれよあれよという間にパトカーに担ぎ込まれ、汚い鳴き声だけを残し、川崎署方面に連れ去られて行く。

その場に残っていた多くの人が、口をぽかんと開けていた。

「豊さん、お手柄でしたね」

呆気にとられたままの俺の横に、冬児が笑顔で並んできた。

「なに言ってんだ。よくわかんないまま取り押さえただけだぞ、俺は。どちらかと言えば、おまえの手柄だろ」

「いえ、豊さんの手柄です」

冬児は、「汚職の摘発は点数高いですよ」と満足げに頷いた。その瞳はやはり澄んでいて、俺は胸の裏側がむずがゆくなった。

「やっぱり、おまえは正義の味方に向いているよ。俺なんかと違ってな」

「なんですか、突然」

「冬児、俺よ、警察官、辞めようと思うんだ」

冬児の目が、黒く沈んだ。

「そんな、いきなり、冗談ですよね、豊さん」

「本当だ。町をこんなめちゃくちゃにして、そのまま正義の味方続けるわけにもいかないだろ。この町を任せられる立派な警察官も、ここにいるしな」

「豊さん、考え直してください。あなたはなにも悪くない。僕はあなたに、ずっと正義の味方でいてほしいです」

「ありがとな。でも、前から決めていたことなんだ」

俺は疲弊した身体をぐっと伸ばしてから、禁煙飴を口に含んだ。

「後悔は、もうない」

「そうですか。やっぱり、こうなるんですね」

冬児は深く息を吐いた。身体から空気以外のものも出てしまったのではないかと思えるくらい、深い呼吸だった。

「それじゃあ、僕はこの男を連れていって事情聴取しますから」

「なんだ、やけにあっさりしてるな」

「だって、豊さんは一度こうと決めたら、変わらないでしょう？」

近くに呼んであるという車のほうに足先を向けた冬児は、頻りに手錠をせがむルーカスの両の手にお縄をかけながら、「そうだ、最後に」とこちらを振り返った。

「豊さんは、この町のことをどう思ってますか」

「この町って、この町か？」

むやみやたらに花火が上がり、坂本九メドレーが延々と流れ続けた、やかましくて忙しない町を指さした。

冬児は「そうです」と大きく頷いて、俺の返事を静かに待つ。

「そうだな。なんだかんだ、家族と同じくらいには、大切だ」

「そうですか。それを聞いて安心しました」

冬児が去っていく。その後ろ姿は本当の正義の味方のようで、輝いて見えた。

本当のところを言えば、俺も警察官を続けたかった。出世知らずだと嗤われても、できないおやじだと陰口を叩かれてもいい。あいつの隣を歩くにはできが悪すぎる中年だけれど、もう少し正義の味方として、あいつと共に歩みたかった。

だが、こうなってしまったからには仕方がないし、この選択に後悔もない。この期に及んでエゴを通すつもりなんて、毛頭ない。

なんて、これも見栄か。

あわよくば、親父のように誰かに尊敬されるような立派な人間になれていたら、とか、すべてを丸く収めるうまいやり方を思いついていれば、とか、結局そんなタラレバを求めてしまう。

「なんだ、こんな時に」

感傷を崩す間の悪い着信音に、我に返る。

『豊さん。安心ついでに、もうひとついいですか』

「最後って言ったろう」

『すみません。でも大切なことなので』

冬児は一拍置いてから、言葉を継いだ。

『町をめちゃくちゃにした犯人は、きっと現場に戻ります』

「なに言ってんだ、おまえ。あれは、俺が――」

『黒幕を捕まえてください。正義の味方にふさわしいのは、やっぱりあなただ』

ぶつっと短い音がして電話は切れた。俺は首に手を当て、息を吐く。

顔を上げると、拍子外れの花火が一発上がったところだった。夜空は一瞬白く染まり、本来の色へ塗り戻されていく。

言い忘れていたが、これは俺の後悔にまつわる物語でもある。

エピローグ　誰が為に町を盗むのか

正義の味方とは、常に悪役とセットで語られる。これはもう十中八九そうである。なぜなら、正義とは悪がいてこそ生まれるものであり、単独で存在し得るものではないからだ。

つまり、正義と悪は蜜月な関係にある。互いに、嫌よ嫌よもなんとやらで、表裏一体、ぺたりと背中合わせで存在している。

その様はオセロの駒と言っても差し支えない。色合い的にも、申し分ない。

だから、その表裏は盤面の動き次第で、簡単にひっくり返ったりもする。

＊

電話を切ると、携帯電話の画面を埋め尽くす着信履歴のあまりの多さに、思わず空を仰いだ。早いところ姉貴をピックアップして、スコッチの一杯でも奢らなければ、何を言われるかわかったもんじゃない。

朝の青を一片も残していない空に向けて、大きなため息を吐き出した僕は、大師線の踏切で足を止めた。

しばらくすると、隣を歩く男が刺すような視線を向けていることに気が付いた。彼の指先を見ると、案の定、人差し指はくるくると弧を描いている。周りを見ろと言っているのだ。

僕の視線がそこに向いていることに気が付くと、彼は拳を握ってから親指を天に立てた。どうやら、ずいぶんと待たせてしまったらしい。

僕も周囲を見渡してから、応えるように雄弁な親指を起き上がらせた。

「息がつまるかと思った。へい、冬児。本当に盗むのかい」

「ああ、本当さ。もとより、そのつもりだった」

僕は携帯電話をジャケットの内側にしまい、ルーカスの両手を塞ぐ手錠に鍵を挿し込んだ。錠はかちゃりと音を立て、太い手首から滑り落ちる。ルーカスは僕の手から手錠を摘まみ上げ、「そこまでする理由がわからないな」と口元に薄い笑みを浮かべた。

「僕からしてみれば、留置所を取材したいからってわざわざ捕まる君のほうが理解できないよ」

「リアリティが大事なんだよ、ルポライターには。多摩川での生活も、いい経験になった。花火を運んでくれた仲間たちも、楽しかったたって言ってたよ」

「ジャーナリストってやつは、まるでわからないね」

先の騒動で人の出がひどい。踏切が明けてもなかなか向こうへ渡れず、僕らは牛歩の歩みで夜の町を進んだ。

「冬児はジャーナリストの素質あると思うよ。あんな際どい情報集められるんだから」

「僕はずっとあの人の後ろを歩いていただけだよ」

目を丸くして「ついて歩くだけでわかるものなの？」と驚く彼に、僕は「特別、セキュリティが薄かったから」と笑って返した。

「それでも、僕に豊さんは止められなかった」

ルーカスが「そうかい」と息を吐いたところで、再び僕の携帯電話がぐずりはじめた。胸元を気にしていると、手錠を指先でくるくると弄ぶルーカスが、「出なよ、芽吹からだろ？」と顔を覗き込んでくる。

「姉貴の電話、苦手なんだよ。直接会うよりも一方的に喋られるから」

画面に映る「玉井芽吹」の文字に、僕は高揚していた気分ががくんと落ち込むのを感じた。気圧の差でしぼむ肺から、ふーっと息が漏れる。

「はい、もしもし」

『あ、やっと出た。ちょっと、冬児、早く迎えに来なさいよ。犬に追われて、木の上にいるのよ、あたし。考えられなくない？　だいたい、この前の色仕掛けといい、いったいなんなの？　あたし、あれ以来あのネズミ顔が夢に出てくるのよ。ていうか、あれで本当に汚職が暴かれたの？』

密度の濃い声の濁流に、耳が溺れそうになる。僕はそっとスピーカーから耳を離して、それらしい相槌を無頓着に打ちながら、ルーカスに視線を配った。

「芽吹はなんて？」

「迎えに来いってさ。ルーカスはどうする」

「うーん、そうだなぁ」

『あ、もしかして今、ルーカスも一緒なの？　あんたら、いつまで仲いいのよ。向こうでちょっと一緒に過ごしただけじゃない。ねえ、冬児、なんとか言いなさいよ──』

「どうせ捕まるんだし、自由に旅でもしようかな」

なにかを考えているのか、いないのか、よくわからない表情でひょこひょこ歩くルーカスを横目に、僕は受話器の向こうで息切れを起こしている姉貴に、「じゃあ、すぐに迎えに行くから」と言って、通話を切った。

ようやく六郷橋のたもとに着くと、「あっ」と声を上げてルーカスが跳ねた。

「冬児、僕はあれに乗っていくよ。おもしろそうだ」

ルーカスの指の先、河川敷に目を凝らすと、多摩川に筏を浮かべようとするおじいさんの姿が窺えた。文字どおり、今回の事件の鍵になった人物だ。

「こういうの、渡りに船っていうんだろ？」

「めずらしく正解。どこで覚えたの、その言葉」

「どこって。もちろん、この町さ」

言って、ルーカスは振り返り、大袈裟に手を広げた。後方に広がる川崎の街はすでに都市機能を取り戻し、その肌の上で蠢く人たちを包み込んでいる。

「それじゃあ、僕は行くよ。留置所で会おう」

ルーカスは担いだ細長い楽器と特注の鍵を僕に預け、離岸していく筏めがけて風のように河川敷を駆け下りた。

僕は彼が筏に乗るのを見送ってから踵を返した。ライフルに似た楽器を肩に担ぎ、人混みを歩く。腰元では拳銃の入ったホルダーが揺れていた。

差し向かいの町は復旧した電力によって明かりを取り戻している。空を飾る花火は散ったが、この輝きは彼の宝物に違いない。

だから、僕は盗むのだ。

豊さんなら、きっと理解してくれるはずだ。
これから僕が起こす行動も、その理由も。
これは僕のエゴでは、決してない。
なぜなら、彼が言ったのだ。
大切なものは、なにがなんでも取り返したいと思うものだ、と。

〈了〉

この物語はフィクションです。実在する個人、団体、事件等とは関係ありません。

文芸社文庫NEO

町泥棒のエゴイズム

二〇二一年九月十五日　初版第一刷発行

著　者　新馬場新
発行者　瓜谷綱延
発行所　株式会社 文芸社
〒一六〇-〇〇二二
東京都新宿区新宿一-一〇-一
電話　〇三-五三六九-三〇六〇（代表）
〇三-五三六九-二二九九（販売）

印刷所　株式会社暁印刷

ISBN978-4-286-22580-7